HECTOR VEUT CHANGER DE VIE

FRANÇOIS LELORD

HECTOR VEUT CHANGER DE VIE

Odile Jacob

Titre original :
Hector fängt ein neues Leben an

15, rue Soufflot, 75005 Paris

ISBN : 978-2-7381-3068-6

www.odilejacob.fr

Prologue

Il était une fois un psychiatre qui s'appelait Hector et qui n'était plus tout à fait jeune. Il n'était pas tout à fait vieux non plus : il pouvait encore monter les marches d'escalier en courant quand il était en retard et il s'habituait encore assez rapidement à un nouvel ordinateur. Le week-end, à la maison, il regardait encore parfois les chaînes musicales pour les jeunes et, quand il tombait sur un morceau qui lui plaisait, il se mettait à danser tout seul, ce qui amusait beaucoup Clara, sa femme.

Quand même, il avait remarqué qu'il n'était plus tout à fait jeune : ses jeunes confrères éprouvaient du mal à le tutoyer ; il avait souvent mal au dos quand il se levait le matin ; au restaurant, il n'arrivait plus à déchiffrer le menu si la salle était peu éclairée et il trouvait les serveurs de plus en plus jeunes.

La plupart du temps, toutefois, Hector était assez content de sa vie.

Il avait un métier intéressant qui lui donnait l'impression d'être utile, un mariage heureux, deux enfants devenus grands qui avaient l'air de commencer une vie normale, des amis avec qui il partageait de bons moments.

D'autres fois, il trouvait son métier de plus en plus fatigant, Clara lui semblait travailler trop, il remarquait qu'ils étaient parfois tous les deux maussades et fatigués – heureusement pas toujours en même temps –, son fils et sa fille lui manquaient, il ne voyait plus assez ses vieux copains et il se demandait s'il n'aurait pas préféré vivre dans une autre grande ville du monde – même si on venait de partout pour admirer la sienne, Paris.

Certains jours, il lui arrivait aussi de croiser dans la rue des passantes qu'il trouvait particulièrement séduisantes. Il songeait un instant à avoir une aventure, mais c'était juste comme une petite étincelle fugace sur un radar mal éteint. Il aimait sa Clara et n'aurait pas voulu risquer de perdre cet amour unique pour une expérience somme toute assez banale.

Et donc, Hector évitait le plus possible de se retourner sur ces passantes séduisantes – il aurait trouvé ça plutôt minable.

Si vous l'aviez interrogé, Hector vous aurait dit qu'il était globalement assez satisfait de sa vie et qu'il souhaitait surtout qu'elle continue comme ça – hélas, voilà qui était un signe qu'il n'était plus si jeune que ça.

Or, de temps en temps, même s'il ne le reconnaissait pas, il rêvait à une autre vie – ce qui prouvait, ô joie, qu'il n'était pas si vieux que ça non plus.

Olivia veut changer de vie

— Docteur, j'aimerais avoir une autre vie !

C'était Olivia. Elle était professeur d'arts plastiques dans un bon lycée parisien, du genre de ceux où les parents gagnent plus d'argent que les enseignants, qui vivent en général en banlieue. Comme Olivia d'ailleurs, qui passait au cabinet d'Hector entre deux cours.

Elle avait toujours l'air jeune, avec sa silhouette élancée, comme on dit, et elle semblait d'ailleurs toujours prête à s'élancer pour défendre l'art et les grandes causes, avec son beau regard bleu un peu exalté. Elle était assez sexy et toujours célibataire. Les postulants n'avaient pas dû manquer pour lui proposer la vie à deux, mais elle avait été élevée dans l'idée que ce qui comptait pour une femme, c'était d'être indépendante et que le mariage était un vieux truc bourgeois qui emprisonnait. D'ailleurs, ses amies, celles qui étaient restées mariées et celles qui avaient divorcé, ne lui avaient pas souvent donné envie d'essayer de convoler.

— Quel genre d'autre vie ?

Hector était un peu surpris : il avait vu Olivia au cours de quelques séances car elle avait eu des attaques de panique lors d'un voyage en avion un peu mouvementé en Asie centrale – elle dépensait l'essentiel de son argent en voyages assez aventureux – et ces attaques l'avaient sournoisement suivie à son retour sur la terre ferme. Grâce à un adroit mélange de médicaments et de thérapie, il l'avait guérie d'autant plus facilement qu'elle était par ailleurs en très bonne santé mentale. Il avait donc commencé à la voir à des intervalles de plus en plus espacés, comme c'était habituel pour ses patients qui allaient mieux. Avec un certain regret d'ailleurs : il était toujours plus agréable de revoir une charmante patiente guérie qu'une caractérielle que vous aviez du mal à aider et qui venait vous le reprocher amèrement – mais c'était la règle du métier d'Hector, il était là pour soigner ceux qui allaient mal.

— J'ai l'impression que je me suis trompée depuis le début et que, maintenant, il est trop tard, dit Olivia en regardant Hector avec une expression dramatique.

— Que voulez-vous dire par là ?

Avez-vous remarqué qu'Hector répond ici à une question par une question ? C'est la base de son métier, d'abord pour arriver à comprendre le patient et surtout pour l'aider à se comprendre lui-même.

— Tout ce en quoi j'ai cru, la liberté, l'indépendance, l'art, servir la société !

— Vos idéaux de jeunesse ?

— Exactement, dit-elle avec un petit rire assez charmant.

Elle pouvait se moquer d'elle-même, ce qui était un signe de bonne santé.

— Vous ne croyez plus à ces idéaux ?

— Si, bien sûr, mais je me demande s'ils m'ont vraiment réussi, à moi.

— Vous n'êtes pas satisfaite de votre vie actuelle ?

Olivia ne dit rien pendant quelque temps, d'abord en regardant Hector, puis en jouant nerveusement avec son bracelet ethnique, qui devait venir du Tibet.

— Bon sang, ça me coûte de le dire, mais regardez ma vie !

— J'ai l'impression que c'est celle que vous avez choisie…

— Justement !, s'exclama Olivia.

Et brusquement, comme une vanne qui s'ouvrait, elle se lança :

— Regardez ! J'ai choisi d'être prof parce que je pensais que faire découvrir l'art aux enfants était le meilleur moyen pour qu'ils deviennent des adultes meilleurs, surtout dans ce pays où l'éducation artistique est bâclée à l'école.

— En effet, dit Hector, mais ça ne vous paraît plus une bonne idée ?

— Aujourd'hui, je fais cours devant des petits bourgeois qui passent leur temps à regarder en douce leur smartphone.

— Il y a des exceptions, non ?

— Oui, mais comme je suis dans un bon lycée, ceux-là ont déjà accès à l'art et à la culture à la maison ! Qu'est-ce que je leur apporte ? Où est ma valeur ajoutée, finalement ?

Hector se dit que cette valeur ajoutée était sans doute plus forte quand elle était toute jeune enseignante dans les banlieues difficiles. Elle devina sa pensée.

— Bien sûr, je pourrais demander un nouveau poste dans un quartier difficile, mais mes collègues me prendraient pour une folle et j'ai déjà donné. En plus, ce serait la même chose pour les smartphones…

— Et vous avez déjà envisagé…

Mais Olivia ne pouvait plus s'arrêter :

— Et maintenant, je réalise l'importance de l'argent !

Arrivant à la quarantaine – elle avait 42 ans –, elle commençait à souhaiter davantage de confort, elle ne se sentait plus aussi jolie sans maquillage et avec de vieux jeans, elle se mettait à avoir envie de produits de beauté, de vêtements élégants. Et, bien sûr, avec son salaire de professeur, elle n'avait pas les moyens de se payer tout ça, à moins de sacrifier ses voyages, mais, alors là, à quoi bon vivre ? Les voyages l'aidaient à supporter le reste de l'année.

— Vous avez réfléchi à…

Le torrent continua :

— Et ma vie amoureuse ! Oui, je me fais encore draguer – moins qu'avant, bien sûr –, mais la plupart du temps les seuls mecs qui m'intéressent sont déjà pris. Et ne me sortez pas un de vos trucs de psy sur l'attirance névrotique pour les hommes pas libres. La vérité, c'est qu'à mon âge, les types bien sont déjà en couple ! C'est ce que me disait ma mère, et à l'époque je la trouvais complètement ridicule. Aujourd'hui, j'ai l'impression qu'il ne me reste plus que les chasseurs de femmes – et pas mal sont mariés, en plus –, les grands coincés ou les divorcés qui ont peur de s'engager ! Je pourrais écrire un livre sur les mecs qui me rappellent le lendemain et que je n'ai pas tellement envie de revoir.

Même s'il était là pour recueillir des confidences, Hector était un peu sidéré par ce flot soudain.

— Et vous savez ce qu'il y a de pire ?, continua Olivia.

— Non.

— C'est que, par moments, je rêve d'un homme qui s'occupe de moi, qui m'emmène en voyage, qui fasse du shopping avec moi, pour qui l'argent ne serait jamais un problème et qui me demanderait si je me sens bien. Rêver de ça ! Quelle horreur, n'est-ce pas ?

Et Olivia éclata de rire, ce qui prouvait une fois de plus sa bonne santé.

— Je rigole, docteur, mais c'est vraiment sérieux. J'ai l'impression que ma vie n'a été qu'une vaste erreur.

— Il va falloir qu'on en parle, dit Hector.

C'était la fin de la séance et, même s'il avait envie de poursuivre avec elle, il lui fallait éviter d'empiéter sur le temps du patient suivant.

Pendant qu'Olivia sortait, dans son dossier, après avoir un peu hésité, il nota : « crise du milieu de vie ».

Hector et la crise du milieu de vie

Hector n'était pas certain de croire à cette fameuse « crise du milieu de vie » dont on glosait tant dans les magazines et même dans des livres écrits par certains de ses collègues qui allaient en parler à la télé. Il avait d'ailleurs vérifié que, même après beaucoup d'études, les chercheurs avaient du mal à prouver son existence. Des crises, il pouvait en survenir à tout âge, et, de plus, beaucoup de gens arrivés au milieu de leur vie n'en faisaient pas.

Cependant, autour de la quarantaine ou de la cinquantaine, certaines personnes se sentaient mal, supportaient moins bien leur travail ou leur conjoint. Parfois, elles voulaient même carrément en changer. Est-ce que ce n'était pas ça, la « crise du milieu de vie » ? Hector leur expliquait souvent que c'était plutôt dû à des ennuis qui survenaient en général au milieu de la vie : divorce, surmenage, déception professionnelle ou, encore plus triste, perte d'un être cher – tout ce qui arrivait avec les années.

Cependant, il savait aussi que lorsqu'on arrivait au milieu de la vie – comme lui-même –, on sentait soudain – comme Olivia – qu'on n'était plus jeune, même si on n'était pas encore vieux. Alors, on se disait que si on voulait changer, mieux valait le faire là maintenant, car plus tard, ce serait plus difficile, on aurait moins d'énergie, et surtout, aux yeux des autres, on passerait pour trop âgé pour changer de vie, on n'aurait pas de nouvelle chance, ni en amour ni au travail.

La crise du milieu de vie, c'était un peu comme : « Chers clients, le magasin va bientôt fermer. Dépêchez-vous de faire vos achats pour une nouvelle vie. Après, il sera trop tard. »

D'ailleurs, quand Hector croisait une jolie passante, peut-être entendait-il au fond de lui une petite voix lui dire : « Dépêche-toi pendant qu'il en est encore temps. Après, il sera trop tard. »

Au suivant.

Sabine veut changer de vie

— Docteur, je voudrais changer de vie.

Cette fois, c'était Sabine, une femme mariée, qui avait bien réussi dans sa carrière, sans avoir fait beaucoup d'études au départ : elle était devenue directrice régionale des ventes d'une grosse entreprise de céréales pour le petit déjeuner. Son salaire devait être au moins le double de celui d'Olivia.

— J'en ai marre, insistait Sabine.

— Marre de quoi ?

— Un stress permanent, être toujours obsédée par les chiffres de ventes, atteindre les objectifs, mettre mes équipes sous pression… Tout ça pour quoi ?

— Oui, pour quoi ?

— Pour bourrer les enfants de trucs inutiles qui en feront des obèses !

— Mais les céréales…

— … n'ont de céréales que le nom ! On ajoute une montagne de sucres et de gras ! Essayez donc de vrais flocons d'avoine avec juste un peu de lait, vous verrez la différence.

— Ça s'appelle du porridge, dit Hector.

— Oui, mais qui en mange encore aujourd'hui ? Je n'arrive même pas à en faire goûter à mes enfants !

En plus d'avoir réussi, Sabine avait deux enfants et un mari prof de tennis. Pour autant, certains jours, elle avait franchement envie de faire sa valise et de les laisser se débrouiller tout seuls comme des grands.

— J'ai l'impression que ma vie passe d'une manière qui ne me plaît pas. Je ne veux pas continuer comme ça !

— Continuer comme quoi ?

Sabine s'échauffait. Les larmes lui étaient montées aux yeux.

— Je n'arrête pas de répondre aux envies des *autres*. Mes chefs, mes enfants, mon mari, mes parents ! Et parfois, je me demande de quoi, moi, j'ai vraiment envie. Pourquoi ne pas commencer à réfléchir à ça ? Qu'en pensez-vous ?

— Allons-y, dit Hector.

— Docteur, ça ne serait pas une crise du milieu de vie ?

— Qu'est-ce que ça voudrait dire pour vous, la crise du milieu de vie ?

— Eh bien, que j'ai le sentiment d'être arrivée à la moitié de ma vie. J'y pense plus qu'avant.

— Pourquoi, à votre avis ?

— Le calendrier d'abord, j'ai eu 40 ans il n'y a pas longtemps.

— Rien d'autre ?

Sabine hésita, puis elle dit :

— Des divorces autour de moi... une amie qui est tombée malade et...

Elle n'arriva pas à terminer et sortit un mouchoir en papier de son sac à main pour s'essuyer les yeux.

Hector comprit qu'elle avait dû voir mourir une amie de son âge, ce qui faisait toujours penser à sa propre mortalité et au temps qui passait.

— Alors, docteur, ça ne ressemble pas à la crise du milieu de vie ?

— Si, en tout cas, à ce qu'on appelle comme ça.

Il recommanda à Sabine de dresser une liste de ce qu'elle n'aimait pas dans son travail et aussi de ce qu'elle aimerait que son mari change dans son comportement.

Pour le travail, il avait déjà compris qu'elle souffrait du stresseur : conflit de valeurs entreprise/salarié, un peu comme un pacifiste qui travaillerait dans une usine d'armement. Ces dernières années, Sabine croyait de plus en plus aux vertus de l'alimentation naturelle, ce qui ne correspondait vraiment pas aux produits dont elle devait augmenter les ventes. Mais peut-être pouvait-elle changer un peu sa manière de voir les choses – après tout, vendre des céréales, même un peu trop grasses et sucrées, c'était quand même mieux que de travailler pour un fabricant de cigarettes ou d'engrais chimique.

— Il n'y a pas que mon travail qui me pèse. Parfois, mon mari aussi..., reprit-elle.

Là, Hector pouvait aider Sabine dans les deux directions habituelles : soit il pouvait l'aider à mieux s'exprimer pour que son mari devienne plus compréhensif, soit il pouvait l'inciter à accepter qu'il reste ce qu'il avait toujours été, un gars un peu paresseux sauf quand il s'agissait d'aller faire du sport ou rigoler avec les copains – ça l'avait charmée au début, mais c'était de moins en moins vrai car, en plus d'avoir le travail le plus prenant, elle devait aussi s'occuper de tout à la maison.

Vous trouvez peut-être qu'Hector n'était pas très ambitieux, mais pour être témoin de résultats spectaculaires, mieux vaut aller voir les chirurgiens : eux peuvent résoudre un problème simplement en l'*enlevant*.

Hector, en croisant le regard confiant de Sabine, devait se retenir très fort de dire : « Quittez votre boulot ! Larguez votre mec ! Vous verrez que ça ira bien mieux. » Ç'aurait peut-être été de bonnes décisions, mais il devait l'aider à les trouver elle-même, en lui posant de bonnes questions.

Or, à la simple idée de toutes ces bonnes questions à devoir poser, il se sentit soudain fatigué d'avance. Même avec une patiente qu'il trouvait sympathique comme Sabine.

Plus tard, Hector marqua dans son dossier : « *burn-out* professionnel + épuisement maternel + crise du milieu de vie ».

Les nonnes aussi veulent-elles changer de vie ?

Après avoir raccompagné Sabine à la porte, Hector s'accorda une petite pause. Il se fit un café dans la minuscule cuisine du cabinet, puis revint le boire face à la fenêtre de son bureau. Elle offrait une belle vue sur Saint-Honoré-d'Eylau. La cloche de l'église marquait les demi-heures d'un léger tintement, c'était très pratique : il pouvait ainsi savoir quel était son retard sans avoir à regarder sa montre, geste qu'il valait mieux éviter face à quelqu'un expliquant que sa mère ne l'avait jamais aimé ou qu'il avait des envies de suicide.

C'était une église du XIXe siècle sans rien de très remarquable, sinon qu'elle était adossée à un couvent. La règle des religieuses, des moniales plus précisément, voulait qu'elles ne sortent jamais. Hector essayait d'imaginer comment ce serait de se retrouver un jour moine dans un monastère isolé en pleine nature : plus de risque de croiser de jolies passantes… Et s'il devait rester cloîtré au beau milieu d'une capitale ? Supporterait-il d'entendre la rumeur de la ville autour de lui ?

Il se demandait si certaines des religieuses n'étaient pas parfois prises par le désir de changer de vie ou du moins de sortir un petit moment. Rien d'extravagant, bien sûr. Juste pour aller déguster des glaces dans l'excellente pâtisserie qui se trouvait de l'autre côté de la place Victor-Hugo, par exemple.

Il savait que toute communauté prévoit le cas des vocations qui s'éteignent, mais comment retrouver la vie après des années passées derrière des murs ? Peut-être pourrait-il proposer ses services à la communauté, il n'y avait que la rue à traverser, après tout. Ça le sortirait de son bureau.

Car justement, dans son bureau, il se sentait de plus en plus enfermé.

Roger ne veut pas changer de vie

— C'est peut-être la dernière fois qu'on se voit, docteur.

C'était Roger, un patient qu'Hector connaissait depuis longtemps. Il avait l'air assez redoutable avec ses épaules de déménageur, ses gros sourcils et ses dents un peu de traviole. Il aurait très bien joué un ogre dans un film pour enfants, mais il était très gentil, en tout cas tant qu'on ne le contrariait pas à propos de Dieu.

Depuis sa jeunesse, Roger entendait Dieu lui parler. Il s'était même cru un moment envoyé par Lui pour sauver le monde. Vu sa tendance à s'énerver quand on riait de ce qu'il racontait, c'était une combinaison dangereuse qui l'avait souvent expédié lui à l'hôpital psychiatrique et certains rieurs à l'hôpital normal.

Roger avait découragé pas mal de psychiatres, mais Hector avait réussi à nouer avec lui une assez bonne relation. Peut-être parce que lui-même était allé à l'école dans un collège religieux. Même si aujourd'hui Hector n'était pas sûr d'être toujours croyant, il comprenait bien le discours de Roger quand celui-ci lui parlait du Très-Haut ou de la difficile question de la Grâce par les œuvres ou sans les œuvres. Dans le passé, on s'était entre-tué à ce propos, mais malheureusement personne n'avait ressuscité pour annoncer qui avait raison en définitive. De plus, Hector avait toujours trouvé que, malgré son délire, Roger faisait souvent des réflexions très intéressantes sur la vie, il les prenait même parfois en note.

Cette bonne relation lui avait permis de faire accepter à Roger de prendre ses médicaments tous les jours.

Et la voix de l'Éternel était devenue une petite musique de fond qui ne l'empêchait plus d'avoir une vie presque normale.

Et Hector avait aussi appris à Roger de ne parler de cette voix qu'avec lui, son psychiatre, ou bien avec son curé, mais surtout pas avec les autres gens, qui en général ne croyaient plus guère en Dieu et donc encore moins aux relations spéciales qu'on pouvait avoir avec Lui.

Parfois, le curé de Roger l'appelait pour lui dire qu'à son avis, il fallait peut-être augmenter la dose de médicaments qu'il lui prescrivait. Hector s'en voulait un peu de participer à cette petite trahison, mais c'était pour le bien de Roger : « Un peu de mal pour un plus grand bien », comme l'avait si bien dit saint Augustin, qui aurait sans doute été très copain avec Roger, mais attention quand même avec cet argument : on s'en est déjà servi pour réduire quelques villes en cendre et tous leurs habitants avec, y compris les bébés.

— Pourquoi ce serait la dernière fois que nous nous voyons ?, demanda Hector, assez surpris.

Il craignait que Roger lui annonce qu'il ne ressentait plus le besoin de prendre des médicaments ou de voir un psychiatre, et il se préparait à une séance difficile.

Pas du tout.

— Je suis viré de mon studio, dit Roger.

Jusqu'alors, il arrivait à payer son loyer grâce à une aide de la mairie et à ce qu'il touchait de la Sécurité sociale, mais voilà, l'une des aides avait diminué et le loyer, lui, avait augmenté.

— L'assistante sociale ne peut pas vous aider à en trouver un autre ?

— Ça fait des mois qu'on y travaille, répondit Roger, mais ça ne marche pas. Il n'y a plus d'argent apparemment.

Le pays avait vécu à crédit depuis de nombreuses années, tout en travaillant de moins en moins et en exportant de moins en moins. Il était difficile de savoir qui en était responsable, mais le résultat était là : il y avait moins d'argent en caisse pour aider les gens comme Roger à se loger.

— Ils me proposent de me reloger en banlieue, loin, et moi j'aime pas la banlieue. C'est Paris que j'aime. Et puis, ça me fera long pour venir vous voir.

Hector comprenait Roger : lui aussi aimait Paris. Même vivre dans une belle banlieue – et de toute façon, pas celle qu'on proposerait à Roger – lui aurait paru comme un exil.

Roger passait ses journées à déambuler en solitaire dans les rues de Paris, allant d'une église à l'autre. Il les connaissait presque toutes.

— Il y aurait bien une solution, dit Roger.

Hector était content : Roger avait pensé lui-même à une solution, ça prouvait que tout son travail avec lui n'était pas vain.

— J'arrête les médicaments. Comme ça, je me retrouverai vite à l'hôpital, c'est sûr, dit-il en rigolant.

Ce qui était triste, c'est que Roger n'avait pas tort. Quand il aurait fait quelques grosses bêtises sous l'effet de son délire, il pourrait se retrouver à l'hôpital pour plusieurs mois – ce qui coûterait dix fois plus cher à la société que s'il était resté dans son studio.

— Mais j'en n'ai pas envie, docteur. L'hôpital, c'est pas mon truc. Avant peut-être…

Quand Roger était très jeune, il existait encore de vieux hôpitaux psychiatriques, des asiles, comme on disait, avec des cours, des arbres, des ateliers de menuiserie ou de ferronnerie, et même de petites fermes, afin que les malades puissent s'occuper, car ces hôpitaux avaient été construits à l'époque où on savait qu'on allait les garder longtemps, des années, une vie parfois. Aujourd'hui, au contraire, avec les nouveaux médicaments, on gardait les malades moins longtemps, et de nouveaux architectes avaient bâti des services ressemblant à des hôpitaux normaux, sans trop d'espace en dehors des chambres. Ce n'était pas si mal si on n'y restait que peu de temps, mais cela devenait vite pesant si on restait hospitalisé pendant des mois, comme cela pouvait arriver à Roger s'il laissait sa maladie s'aggraver. Roger regrettait les derniers vieux asiles de sa jeunesse. Et Hector, qui y avait travaillé aussi au début de sa carrière, se souvenait que certains malades refusaient d'en sortir, même quand on leur disait qu'ils allaient mieux et qu'il était temps d'aller retrouver la vie au dehors.

— De toute façon, j'ai pas l'intention de déménager. Il faudra qu'ils me fichent dehors, dit Roger dans un brusque accès de colère.

L'éclair qu'Hector vit dans son regard était assez inquiétant.

— Vous êtes sûr que vous avez bien pris vos médicaments ?

— Oui, oui, ne vous inquiétez pas.

Hector s'inquiétait quand même. Les médicaments étaient comme un pare-chocs contre le stress : s'il augmentait, comme en ce moment pour Roger, ils pouvaient ne pas suffire.

— Je pense qu'il faudrait augmenter un peu les doses. C'est une période stressante.

— Ah non, alors, docteur. Déjà qu'on veut me virer. Si en plus, vous augmentez mon traitement, c'est pas juste !, dit Roger, qui ne voyait pas les choses tout à fait comme Hector.

Celui-ci se dit qu'il devait peut-être insister, mais il savait que Roger ferait de toute façon ce qu'il voudrait. En plus, il était déjà en retard pour le patient suivant.

— Bon, d'accord pour aujourd'hui, mais j'aimerais vous revoir bientôt. Après-demain ?

— Ah ça, d'accord.

Et Roger s'en fut, laissant Hector assez inquiet quand même. Il avait réussi à trouver un peu de stabilité. C'était un vrai miracle avec sa maladie, mais voilà qu'on voulait lui imposer un changement de vie !

Tristan veut changer de vie

— Docteur, j'en ai assez !

Tristan, homme assez ennuyeux mais plutôt beau et toujours très bien habillé, travaillait dans la gestion de fonds de fonds – Hector lui avait demandé s'il y avait des fonds de fonds de fonds, mais non. Voilà que ça ne rapportait plus comme avant, le bonus de Tristan avait fondu, il se sentait un peu las de son métier et il supportait de moins en moins ses collègues et ses clients.

— Et même, docteur, j'ai parfois l'impression que je me moque complètement que nos clients gagnent de l'argent ou pas. C'est un comble, non ?

— En effet, répondait Hector, en se disant qu'il y avait peut-être des gens comme Tristan dans la banque où il avait placé ses petites économies.

Ne plus trop se sentir concerné par le résultat de son travail était l'un des signes de ce qu'on appelait le *burn-out* professionnel.

— Parfois, je rencontre certains de mes anciens collègues qui, eux, ont vraiment réussi. Ils ont plus de responsabilités, ils vont devenir riches…

Pour Hector, Tristan paraissait déjà riche, mais il comprenait qu'il se sentait encore pauvre quand il se comparait aux camarades qui avaient pris le chemin du superjackpot. C'était le problème quand on travaillait dans une grande entreprise, une grande banque par exemple : ça vous jetait dans une sorte de course – la course du rat, disait même de mauvais esprits. Vers la quarantaine, vous pouviez vous apercevoir que certains avaient pris une avance impossible à rattraper même en essayant de pédaler deux fois plus vite. Même pour ceux qui gagnaient la course – comme Sabine dans sa catégorie –, ce n'était pas forcément le bonheur non plus. Car, d'abord, tout avait un prix, comme on dit : là, c'était le stress de pédaler sans cesse pour rester en tête. Et puis, on s'habituait très vite à son niveau de réussite. Certaines personnes ne pouvaient s'empêcher de regarder ceux qui les avaient dépassées, et c'était le cas de Tristan, habitué à la compétition dès son plus jeune âge par un père qui prenait comme un combat à mort même une partie de tennis entre amis.

Il avait dû louper une marche dans la belle carrière dont il avait rêvé. Peut-être ne s'était-il pas retrouvé au bon endroit au bon moment. En tout cas, il était sorti du peloton de tête.

— On vient de me réduire mon équipe, annonça-t-il, comme si on lui avait révélé une maladie grave.

La banque se développait en Asie, là où étaient apparus depuis quelque temps de plus en plus de nouveaux riches qui pouvaient faire travailler les gens pour presque rien en ne payant que très peu d'impôts. Ils avaient besoin de faire fructifier leur argent. Et pour cela la banque avait besoin de pas mal de Tristan, elle, mais lui n'avait pas suivi le bon parcours pour être envoyé là-bas : il avait toujours travaillé dans le monde occidental, manque de chance, là où l'appétit des riches avait été peu à peu été domestiqué par les impôts et où les pauvres étaient moins mal payés. Dans le même temps, la banque devait faire des économies en Europe.

— D'autres gardent leurs collaborateurs. C'est sur moi que ça tombe ! Je crois que mon patron me hait !

Il était clair que Tristan avait loupé une marche.

Un jour, dans les pages « Économie » d'un magazine, Hector avait vu une photo du patron de Tristan : il n'était vraiment pas gâté par la nature, le physique avantageux de Tristan n'avait pas dû jouer en sa faveur auprès de lui.

— J'en ai marre de cette boîte. Ce n'est pas juste !, geignait Tristan, reprenant sans le savoir presque les mêmes mots que Roger.

Soudain, repensant à ce dernier, Hector en eut brusquement assez de Tristan, de ses plaintes d'enfant gâté, de ses bonus, de ses voyages, de ses belles petites amies – qui tombaient trop vite amoureuses et qu'il ne trouvait jamais assez intéressantes au-delà de quelques semaines. Il n'imaginait pas la vie qu'avait Roger, sans travail, sans petite amie, dans son studio misérable qu'on allait lui retirer.

Peut-être auriez-vous la même réaction, mais voilà, Hector était un professionnel. Ce petit sursaut d'énervement ne lui dura que quelques secondes. Tristan ne s'en aperçut même pas – de même qu'il ne s'était pas rendu compte à temps que le simple fait de le voir tapait sur les nerfs de son patron. Hector se calma et de nouveau se concentra afin de chercher comment orienter l'entretien pour aider son patient.

Car Hector savait deux ou trois choses : tout d'abord, bonheur et malheur sont relatifs. Tristan pouvait souffrir autant que Roger. Les riches se suicident aussi, surtout ceux qui sont sujets à la dépression comme Tristan. Ensuite, Tristan n'était pas responsable de sa vision du monde, de la vie, du bonheur. C'était à cause de ses gènes et de son éducation, et il n'avait choisi ni les uns ni l'autre ; il ne faisait pas exprès d'être énervant. Enfin, c'était son patient, et Hector s'était donc engagé envers lui, et envers lui-même, à l'aider le mieux possible, de même qu'un médecin doit soigner aussi bien tout malade qui se présente, qu'il lui soit sympathique ou pas – parfois, Hector se mettait quand même à envier certains spécialistes, comme les dentistes, les radiologues ou les anesthésistes, qui peuvent réduire leur temps d'écoute au strict minimum.

Et surtout, surtout, Hector savait que lorsqu'un patient l'énervait, cela avait peut-être à voir avec son histoire à lui. Au fond de lui, peut-être enviait-il un peu à Tristan ses voyages et aussi sa kyrielle de petites amies, lui qui était enchaîné à son bureau et marié, même bien. N'avait-il pas le désir de partir à l'aventure, d'explorer d'autres directions, peut-être parce qu'il sentait lui aussi que le temps lui était compté ?

L'esprit d'Hector revint à Tristan.

— Vous pourriez me faire une liste de ce que vous attendez de votre vie professionnelle ?

Hector entrevoyait un chemin possible : il allait aider Tristan à réévaluer ses objectifs dans la vie, par exemple à considérer qu'il n'était pas vital pour son bonheur de devenir le plus riche de sa promotion d'école.

Ça risquait d'être difficile car, sous ses dehors aimables et polis – avec Hector en tout cas –, Tristan avait une personnalité que les psychiatres qualifient de narcissique. Et les personnes narcissiques avaient tendance à trouver qu'elles étaient supérieures aux autres, qu'elles étaient exceptionnelles. Lorsque, après un bon départ, leur existence ne se révélait pas aussi exceptionnelle qu'elles l'escomptaient, le coup était rude pour elles, beaucoup plus que pour celles qui estimaient que c'était déjà un miracle d'en être arrivé là où elles en étaient.

— Oui, je peux essayer. Je pourrais déjà noter tout ce que j'ai toujours attendu jusqu'à maintenant... À commencer par une réussite exceptionnelle !, ajouta-t-il avec un petit rire qui révélait un zeste d'humour sur lui-même – c'était la première fois qu'Hector voyait ça !

Tristan avait connu un joli départ dans la vie : une mère qui l'adorait – un peu trop peut-être –, de bons résultats à l'école, d'encore meilleurs en sport et en filles, de bons diplômes dans de bonnes écoles. Et il avait obtenu un bon premier job dans une banque très renommée où tout le monde voulait travailler à l'époque. Depuis la cour de récréation, il avait eu toutes les raisons de penser qu'il était bel et bien supérieur aux autres.

Et voilà que maintenant la vie, au lieu de ressembler à l'arrivée d'un vainqueur que la foule acclame, s'apparentait plutôt à une montée en lacet au milieu du peloton – de tête quand même, se dit Hector, si on comparait au reste de la population, même si Tristan ne le voyait pas comme ça.

Toujours est-il qu'il l'inquiétait : Tristan avait déjà fait une grosse dépression quand pour la première fois de sa vie, une fille l'avait quitté, lui donnant soudain le soupçon qu'il n'était pas aussi exceptionnel que ça. Il fallait donc faire très attention.

Une fois son patient parti, Hector sentit qu'il devait veiller à lui aussi : ce soir, il se sentait de mauvaise humeur et les murs de son bureau lui paraissaient de plus en plus étroits. Il fallait qu'il se repose, se dit-il.

Hector va écrire un livre

Hector revint s'asseoir à son bureau, sortit un cahier d'écolier et commença à prendre des notes. Il s'était dit que, pour se distraire un peu, il pouvait écrire un livre sur le changement de vie. Ensuite, si le livre avait du succès – un rêve, bien sûr –, il pourrait recevoir moins de patients et retrouver sa forme d'antan – autre rêve assez peu réaliste, on ne retrouve jamais sa forme d'antan, il le savait, pourtant.

Il écrivit un premier mot : « épidémie ».

L'envie de changement de vie lui semblait devenir une vraie épidémie. Et pourtant, les journaux n'en parlaient pas, même ceux qui étaient destinés aux psychiatres.

Au début de sa carrière, il avait vu ce désir apparaître chez des personnes déjà assez privilégiées, comme Tristan. Ces enfants gâtés paraissaient s'ennuyer avec des jouets dont d'autres rêvaient pourtant. Il s'agissait d'hommes et de femmes qui avaient très bien réussi, comme on disait, mais qui, par exemple voulaient en prime développer le côté aventurier ou artiste qu'ils avaient refoulé depuis leur jeunesse, quand ils avaient dû étudier le droit, la médecine, le commerce – ou même la comptabilité – pour faire plaisir à leurs parents. Certains voulaient se retirer dans une jolie campagne loin des mondanités ; d'autres au contraire rêvaient de commencer une nouvelle carrière avec plus de paillettes.

À cette époque, les autres patients d'Hector se contentaient de peiner en espérant simplement garder leur travail, obtenir une promotion ou encore rester avec leur conjoint même si tout n'était pas parfait, en souhaitant aussi que le petit dernier se mette enfin à travailler à l'école. C'était un peu la vie que Sabine et tant d'autres avaient menée depuis des années.

Or, depuis quelque temps, le désir de changer de vie s'était de plus en plus répandu. En tout cas sous forme de rêve, puisque presque tout le monde poursuivait sa vie comme avant. Un peu comme ces sacs de luxe que seuls les riches achetaient quand Hector était jeune, mais qu'aujourd'hui la plupart des femmes du monde rêvaient d'avoir.

Hector écrivit un deuxième mot : « rêve ».

Peut-être était-ce à cause des magazines et de la télévision : en même temps qu'ils avaient donné à chacun envie d'acheter un petit morceau de luxe, ils avaient aussi communiqué le rêve de changer de vie. Avec toutes ces chaînes de télévision qui ne cessaient d'exhiber des endroits merveilleux auxquels on ne pensait jamais auparavant… Le plus souvent, on ne parlait que d'exemples de changement de vie réussi – il quitte son job de vendeur de voitures et devient moniteur de plongée sous les tropiques ; elle laisse son travail de comptable et crée sa maison d'arts de la table en Provence ; il vend sa petite entreprise et devient moine bouddhiste au Népal ! On ne montrait pas tous les gens qui avaient quitté une existence pas très heureuse pour se retrouver carrément dans le malheur et la déchéance. Pourtant, Hector en avait vu pas mal, de ceux-là, au cours de ses lointains voyages à l'ombre des palmiers.

Il écrivit : « à l'ombre des palmiers ».

Changer de vie allait bien avec l'idée dominante de l'époque : vous êtes libres ; vous êtes responsables de votre vie ; quand on veut, on peut ; vous pouvez faire votre bonheur !

Il y avait du vrai dans cette idée, mais ni plus ni moins que dans celle d'avant : faites votre devoir et suivez la tradition ; alors, vous vous sentirez content de vous et vous jouirez de la considération de votre famille et de vos voisins. C'était sans doute un peu le genre de règle que suivaient les sœurs du couvent d'en face, la foi en plus.

Pour Hector, ces deux idées n'étaient ni fausses ni vraies. Simplement, elles ne rendaient pas heureux et malheureux les mêmes gens selon leur caractère et selon les époques.

Il écrivit : « chacun son truc ».

La cloche de Saint-Honoré-d'Eylau se fit entendre, attirant son regard vers l'église. Il repensa aux religieuses dans leur cloître. Bien sûr, cette crise du milieu de vie ne pouvait arriver que si on était persuadé que cette vie-là était la seule option. Si, comme les sœurs, on pensait que cette vie n'était qu'un passage avant la vie éternelle, que le royaume de Dieu n'était pas de ce monde et que ce qui comptait, c'était de L'aimer et non pas d'être heureux, il était plus facile d'accepter de décliner et de disparaître. Pas d'urgence à se précipiter pour d'ultimes emplettes, si on sait qu'on va connaître la Vie éternelle – ou même une succession de nouvelles vies, selon d'autres religions.

Hector écrivit : « pas de crise du milieu de Vie éternelle ».

L'épidémie de crises du milieu de vie avait peut-être été attisée par la perte de la foi, tout comme le réchauffement climatique favorisait l'apparition d'un nouveau virus là où on ne l'attendait pas. L'idée de changer de vie était d'une certaine manière une maladie du monde moderne, car, autrefois, la plupart des gens étaient déjà morts avant d'en avoir envie. Alors, pour ceux qui vivaient plus longtemps, il était tout simplement impossible de changer de vie, car qui donc aurait rentré les vaches ?

Hector écrivit ça : « Et qui donc va rentrer les vaches ? »

Il était content d'avoir noté tout ça dans son carnet, mais en relevant la tête, la petite sensation qu'il avait d'être emprisonné dans son bureau ne l'avait pas quitté. Peut-être ferait-il mieux d'aller écrire au bistrot d'en face quand il faisait une pause. Ce n'était pas vraiment un changement de vie, mais ce serait peut-être déjà une amélioration, du genre de celles qu'il recommandait à ses patients quand il n'y avait rien à faire d'autre.

Au suivant.

Léon, le grand chef, change de vie

— Docteur, je sens que je vais beaucoup mieux. C'est comme si j'étais un autre homme...

Hector était content : après trois patients qui lui causaient des soucis, ça faisait du bien d'en voir un qui allait mieux.

C'était Léon, un chef cuisinier réputé pour associer saveurs d'Orient et cuisine française. On voyait maintenant sa mine réjouie dans les magazines. Hector l'avait suivi pour une grosse dépression, mais il allait beaucoup mieux maintenant qu'il avait démissionné du restaurant étoilé qu'il dirigeait dans un palace de la capitale pour ouvrir son propre établissement dans une petite rue.

Compter sur les talents qu'on se connaissait et trouver un lieu différent où s'épanouir : voilà le genre de changement qu'Hector encourageait. Et voilà ce qu'allait faire Léon dans son nouveau restaurant.

Hector était un homme raisonnable – en tout cas quand il était assis à son bureau. Il essayait, à force de bonnes questions, d'amener ses patients sur des chemins également raisonnables plutôt que de les laisser faire du saut à l'élastique avec leur existence sans bien être sûrs de la qualité de l'élastique.

Léon semblait avoir trouvé une solution raisonnable, du moins bien meilleure que celles qu'il avait envisagées auparavant. Car, même s'il avait l'air de l'avoir oublié aujourd'hui, Léon avait aussi pensé à se suicider en public dans la grande salle de restaurant de l'hôtel à l'heure du déjeuner ou encore à attraper un tranchoir et à aller trucider son patron dans son bureau. En somme, il était passé par une mauvaise période : le « passage à l'acte », comme disaient les psychiatres, n'était pas loin.

— Je vais enfin être mon maître !, s'exclamait Léon. Je vais pouvoir composer mes menus tout seul, sans devoir suivre l'avis de cette idiote du marketing de l'hôtel. Plus besoin de recycler les denrées non consommées pour préparer ces satanés buffets ! Comme si les gens étaient capables d'associer eux-mêmes les plats qui vont ensemble !

Hector aimait bien les buffets, mais il évita d'entrer dans une controverse avec Léon. En tant que médecin, il devait s'abstenir d'exprimer ses opinions personnelles.

Vous avez déjà compris que Léon avait ce genre de personnalité qui voulait que tout, jusqu'au moindre détail, soit conforme à sa vision des choses. Ce type de personnalité tyrannique se trouvait souvent à l'origine des plus grandes réussites, malgré ce qu'on racontait avec des trémolos sur les bienfaits du management participatif, mais elle pouvait aussi amener de grands échecs. Les difficultés de Léon n'allaient pas disparaître comme par enchantement juste parce qu'il ouvrait son propre restaurant.

Hector se promit donc de faire attention à lui aussi.

La cloche de l'église sonna. Mon Dieu, il était déjà 8 heures, il risquait d'être en retard au dîner chez des amis où il devait rejoindre Clara !

En chemin, alors qu'il aurait dû se réjouir de la perspective de cette soirée, il se dit qu'il aurait vraiment préféré rentrer à la maison, juste pour boire un verre de vin en lisant son journal.

Remontant d'un pas vif l'avenue Raymond-Poincaré, il croisa une très jolie passante qui contemplait rêveusement une vitrine de fleuriste. Il faillit presque se retourner.

Quel idiot je fais, pensa-t-il.

Hector passe à l'acte

Ce soir-là, Hector et Clara étaient invités chez leurs amis Denise et Robert.

Lui était médecin, comme Hector, mais sa spécialité était différente : la cancérologie – maintenant, on dit « oncologie » pour ne pas consterner les patients. Ils discutaient souvent des mérites et des inconvénients de leurs domaines respectifs. Avantage à Robert : il travaillait en équipe et sa discipline faisait sans cesse des progrès. Avantage à Hector : il ne voyait presque jamais mourir ses patients.

Elle était psychologue, mais au lieu de voir des patients comme Hector, elle travaillait pour de grandes entreprises ayant besoin qu'on les aide à réfléchir à leurs « ressources humaines » – belle expression inventée pour rappeler que les êtres humains étaient presque aussi importants que les dividendes. Hector avait déjà collaboré avec elle dans le passé, quand il travaillait encore à l'hôpital et avait besoin d'arrondir ses fins de mois.

Denise et Robert avaient en plus la chance de vivre dans un appartement situé en face du palais de Chaillot, d'où la vue était magnifique sur la Seine et la tour Eiffel. Ce serait donc vraiment ce qu'on appelait un dîner parisien, le genre de soirée entre gens bien élevés où chacun se montrait tout le temps de bonne humeur et où personne ne disait rien de désagréable, même avec un verre ou deux dans le nez. Or, des verres de trop, il était facile d'en boire, car Robert servait toujours d'excellents vins qui faisaient s'exclamer les invités. Et effectivement, ils avaient commencé par un excellent champagne à l'apéritif, versé dans les coupes avec grande précaution pour ne pas faire de mousse par la vieille dame philippine en tablier qui servait habituellement aux dîners donnés par Denise et Robert.

La table était magnifique. Il y avait de petits bouquets de fleurs près de chaque couvert, la vaisselle ressemblait à celle qu'on voit en vitrine des beaux magasins, le haut-médoc prenait une belle couleur dans les verres en cristal et la conversation continuait paisiblement sur les dernières vacances des uns et des autres – Népal, Zanzibar, Ceylan, île Maurice – ou les travaux de restauration dans leurs résidences secondaires, le plus souvent de charmantes vieilles demeures où logeaient déjà les favorisés des siècles passés.

On passerait ensuite en douceur aux études ou aux premiers jobs des enfants – presque tous déjà à l'étranger. Avec Clara, ils tiendraient bien leur rôle, puisque Hector II, leur fils, avait décroché un premier poste comme assistant d'un magistrat international en mission en Afghanistan – l'annonce de cette destination avait empêché Clara de dormir pendant des semaines avant son départ. Leur fille Anne étudiait le droit en Angleterre, mais d'une manière qui aurait plu à Olivia : elle voulait ensuite devenir avocate pour une de ces ONG qui faisaient des procès aux grosses entreprises polluantes ou aux sous-traitants exploiteurs d'ouvriers et d'enfants d'ouvriers.

Et puis, la conversation prendrait forcément un détour par les derniers films intéressants, les livres de la rentrée. Les plus éveillés des convives feraient peut-être des réflexions rigolotes, voire profondes. En plus de son métier de professeur de cancérologie, le soir, Robert continuait de lire dans le texte de la philosophie allemande avant de s'endormir et au moins deux des épouses présentes avaient fait des études d'art et de lettres assez poussées dans leur jeunesse avant de se marier et de travailler à mi-temps. Chez certains des convives, Hector sentait encore des restes de la drôlerie et la fantaisie qu'ils avaient dû avoir quand ils étaient jeunes et insouciants. Il se demandait si eux aussi rêvaient de changer de vie, mais ils ne le diraient sûrement pas ce soir, surtout que le dîner s'était ouvert par une magnifique salade de gésiers de canard qui pouvait vous faire trouver que votre vie était très bien comme ça.

Bien sûr, certains convives avaient sûrement des problèmes – leur probabilité augmente avec les années même chez les plus aisés des pays riches –, mais tout le monde faisait un effort pour les laisser à la porte. Comme cette épouse élégante mais amaigrie qui était assise à droite d'Hector de l'autre côté de la table : il savait qu'elle avait déjà été traitée deux fois pour une leucémie qu'on espérait guérie. Par Clara, qui avait un talent pour recueillir les confidences, il connaissait d'autres soucis encore, qui semblaient bien cachés ce soir : certains des couples étaient moins solides qu'ils le montraient ; certaines personnes rencontraient des problèmes professionnels, ils n'étaient plus dans le peloton de tête ou risquaient même de se retrouver dans le fossé. Certains avaient des enfants difficiles qui n'arrivaient pas à trouver leur place dans la vie ou même qui faisaient de grosses bêtises, pendant que leurs frères et sœurs réussissaient presque tout : c'était le cas de l'une des filles de Denise et Robert qui avait épuisé plusieurs collègues d'Hector et qui n'était toujours pas sortie d'affaire.

Ce soir, pourtant, tout le monde faisait semblant d'être heureux et amusant.

D'habitude, ce genre de dîner pouvait amuser Hector, mais là, il ne savait pas pourquoi, il s'ennuyait. Était-ce la succession des patients vus durant la journée ? Sabine qui avait ressenti sa propre mortalité ? Tristan qui s'était aperçu que son avenir professionnel était bouché ? Roger qu'on voulait bouter hors de Paris ? Il ne savait pas très bien, mais, aucun doute, ce soir, il se sentait lui-même plus conscient que sa vie était bien avancée et qu'il s'ennuyait de plus en plus souvent.

Tout en échangeant des propos aimables et un peu vides avec sa voisine amaigrie, il avait en arrière-plan le sentiment non pas que son avenir professionnel était bouché – car il n'estimait pas vraiment avoir une « carrière » –, mais qu'il allait passer le reste de sa vie assis derrière son bureau ou dans des dîners parisiens. Qui donc l'avait forcé à entrer dans cette existence qui en aurait pourtant fait rêver beaucoup ? Il essayait de se réconforter en échangeant des regards avec Clara, mais elle semblait n'éprouver aucun vague à l'âme et participait avec entrain aux conversations. Il se dit que ses pensées du moment l'auraient inquiétée et peut-être même l'aurait rendue malheureuse. Clara n'aurait-elle pas été plus heureuse sans lui, finalement ? Et lui sans elle ? Inquiet de cette dernière pensée, Hector vida son verre de vin, et aussitôt, tel un ange silencieux, la vieille dame philippine le remplit à nouveau.

Le seul convive avec qui il avait envie de discuter était un vieux monsieur, son collègue François, mais il était assis à l'autre bout de la table, très élégant avec son costume un peu démodé et son nœud papillon. Le Vieux François lui adressait de temps en temps un regard amical, comme pour lui dire : « Je vous comprends, mais essayez de vous amuser un peu avec nos amis si charmants. » Puis, il se tournait vers Clara et la faisait rire, car le Vieux François avait toujours été doué pour parler aux femmes, même si maintenant il était veuf et vivait seul.

La seule personne présente à ce dîner qu'Hector n'avait jamais trouvée très agréable était Géraldine, une directrice de la communication âgée de 45 ans et mariée à Jean-Claude, antiquaire, un gros type plutôt sympathique qui sommeillait devant son assiette. Manque de chance, elle était assise à sa gauche. Géraldine avait toujours agacé Hector, car elle avait des opinions tranchées sur tout – ça avait dû lui servir pour devenir chef et aussi pour éteindre progressivement son mari. Et surtout, elle avait toujours tendance à lui poser des questions sur les médicaments ou les thérapies de ses amies qui voyaient des psychiatres.

Hector se tournait vers la gauche pour se servir dans le plat que la Philippine venait d'apporter furtivement près de lui – du lapin à la moutarde –, quand Géraldine commença :

— J'ai une amie qui a débuté une thérapie récemment…

En général, après une journée à écouter des patients, il n'avait pas du tout envie de parler de son métier, et encore moins ce soir-là, alors qu'il se sentait spécialement fatigué.

— Quel genre de thérapie ?, demanda-t-il dans un effort surhumain pour se montrer poli et amical.

— C'est très intéressant, c'est fondé sur les souvenirs des vies antérieures, dit Géraldine.

Hector était toujours surpris de voir que des êtres intelligents et instruits, qui s'informaient par ailleurs très scrupuleusement sur des sujets qu'ils ne connaissaient pas, étaient cependant prêts à gober et à défendre à peu près n'importe quoi justement dans son domaine.

— Il vaudrait mieux que votre amie arrête, lança Hector.

— Comment ça ?, dit Géraldine interloquée.

— Il y a déjà eu une vogue pour les thérapies qui faisaient croire à de faux souvenirs, mais les souvenirs de vies antérieures, ça me paraît encore plus idiot !

Il avait parlé un peu fort. Il s'aperçut que tout le monde le regardait avec des yeux étonnés. Il venait d'enfreindre une règle du dialogue entre gens bien élevés partout dans le monde, dans les capitales occidentales aussi bien que dans les villages papous les plus reculés : on ne dit pas à quelqu'un que ce qu'il raconte est idiot, même quand on le pense vraiment. Les convives étaient d'autant plus surpris que, d'habitude, Hector se serait plutôt contenté de répondre : « Vraiment ? », avant de prendre le temps d'expliquer en douceur que cette thérapie ne lui paraissait pas très sérieuse. Cette fois, néanmoins, c'était clair : Géraldine lui avait toujours tapé sur les nerfs, avec son air de se croire plus séduisante qu'elle n'était, avec sa façon de traiter le pauvre Jean-Claude comme un animal domestique, sans compter qu'elle le trompait, il le savait par Clara.

Clara regardait Hector d'un air très contrarié, bien sûr, et il vit aussi le Vieux François qui lui adressait un regard qui semblait vouloir dire : « Je sais qu'elle est énervante, mais reprenez-vous, ça n'en vaut pas la peine. »

Oups, se dit Hector. Et il vida nerveusement son verre de vin, ce qui n'était pas une très bonne idée.

Hector repasse à l'acte

Pour rester un invité sympathique et faire honneur à Denise et Robert, Hector s'efforça de rattraper un peu le coup avec Géraldine : il lui expliqua qu'il avait vu pas mal de patients perdre du temps et de l'argent en suivant des thérapies fantaisistes. C'est pourquoi il avait réagi un peu fortement. En fait, sans s'en apercevoir, il avait aussi déjà trop bu de vin, mais Clara, elle, avait compté les verres.

— Peut-être votre amie n'a-t-elle pas de vrais problèmes, Géraldine. Donc, ça ne peut pas lui faire de mal au fond.

— Comment ça, « pas de vrais problèmes » ?, rétorqua Géraldine, l'air vexé. Mais si, elle a de vrais problèmes ! Et d'ailleurs, qui n'en a pas ?, ajouta-t-elle en cherchant l'approbation générale.

Robert essaya de ramener la conversation sur une voie plus légère :

— Moi, je crois que je n'ai aucun problème. Et pourtant, Denise trouve que je devrais.

— C'est vrai, renchérit Denise. Robert ne se remet jamais en question.

Hector pensa que Robert ne disait pas la vérité. En même temps, pour exercer son difficile métier de cancérologue, mieux valait ne pas éprouver trop d'états d'âme ou alors les colmater grâce aux philosophes allemands.

— Me remettre en question n'est pas à ma portée, ajouta Robert. Je suis sans doute né comme ça. Qu'est-ce que tu en penses, Hector ?

— Tu as sans doute de bons gènes, tout est là, voulut plaisanter ce dernier.

— Tout n'est pas génétique, quand même !, s'indigna Géraldine.

Hector la regarda et se dit qu'il ne voulait pas commencer un débat sur l'inné et l'acquis avec Géraldine, ça risquait de mal tourner. Il tendit son verre à la domestique philippine, qui lui reversa une généreuse rasade de château-lynch-bages.

À cet instant, Clara essaya à son tour de faire diversion.

— Hector dit qu'inné ou acquis, gènes ou éducation, c'est toujours la faute des parents !

Tout le monde sourit, sauf Géraldine.

Comme prévu, la conversation reprit un cours plus agréable. On aborda le thème des enfants – enfin, ceux qui ne causaient pas de soucis –, pendant qu'on faisait passer le plateau de fromages.

Malheureusement, Géraldine revint à l'assaut en disant à Hector qu'à son avis, tout le monde avait des problèmes, mais que la plupart des gens n'avaient pas le courage de les regarder en face.

— Sans doute, mais dans certains cas, mieux vaut éviter de les regarder en face, répondit-il, non sans croiser le regard du Vieux François, qui semblait lui dire : « Mais enfin, laissez tomber, voyons ! »

Hector aurait bien voulu, mais Géraldine s'obstinait :

— Éviter de se confronter à ses problèmes ? Comment pouvez-vous dire, ça, vous un thérapeute ?, s'indigna-t-elle.

Hector la regarda bien en face, et Clara vit avec inquiétude que son mari était brusquement devenu pâle.

— Eh bien… parce que c'est mon métier, et pas le vôtre, Géraldine.

Le silence s'était fait à nouveau. Le Vieux François leva les yeux au ciel et Clara eut l'air en colère.

— D'ailleurs, chère Géraldine, je suis prêt à écouter tout ce que vous avez d'intéressant à me raconter sur la communication en entreprise, dit-il en essayant de sourire.

À l'autre bout de la table, Jean-Claude ne perdait rien de la conversation. Hector eut l'impression qu'un léger sourire flottait sur son visage habituellement triste.

— Comment peut-on résoudre ses problèmes si on ne les regarde pas en face ?, s'obstinait Géraldine.

Hector sentit quelque chose céder en lui.

— Regardez donc nos amis. Regardez ce que nous faisons ce soir. Nous ne regardons pas nos problèmes en face ! Parce que, le temps de ce dîner, nous voulons les oublier !

— C'est juste pour ce soir…

— Non, pas seulement ce soir. Il y a des problèmes qu'il vaut mieux oublier tout le temps. Vous savez pourquoi ?

Tout le monde le regardait d'un air inquiet. Géraldine commença à répondre, mais Hector l'interrompit :

— Parce que regarder ses problèmes en face nous ferait trop souffrir et tenter de les résoudre serait peut-être même encore pire ! Donc, nous faisons semblant, nous faisons semblant d'être heureux en couple parce que se quitter serait trop effrayant, nous faisons semblant d'être en bonne santé, parce que nous ne voulons pas nous rappeler à chaque seconde que nous vieillissons ou que nous sommes peut-être déjà malades, nous faisons semblant d'être contents que nos enfants nous quittent, parce qu'au nom de quoi les retenir ? Et, bien sûr, nous faisons semblant d'aimer notre métier, parce qu'il nous fait vivre, nous et notre famille, et de toute façon, il est trop tard pour en changer. Mieux vaut l'accepter, changer un peu peut-être, mais ne surtout pas trop regarder nos problèmes en face ! Voilà pourquoi, chère Géraldine, conclut-il en levant son verre. Et je porte un toast à vous tous, chers amis, qui faites semblant courageusement ce soir, héroïquement même. Je vous aime, je vous admire !

Et hop, il vida son verre – le septième, compta Clara.

Comme pour calmer un fou qu'on ne veut pas contrarier, tout le monde leva le sien – en le tenant par le pied, on vous a dit que c'était un dîner chic – et en but quelques gorgées, ce qui déclencha une apparition immédiate de la Philippine, munie d'une nouvelle bouteille toujours bien enveloppée dans une serviette.

Ensuite, comme une voiture qui a fait une grosse embardée, mais que le conducteur a réussi à ramener sur la route, le dîner reprit son cours charmant, poli et même gai – à part que Géraldine faisait la gueule, que Clara fronçait les sourcils quand la Philippine s'approchait d'Hector et que le Vieux François le regardait d'un air désolé. Jusqu'à ce que le dessert soit servi, un crumble aux poires et aux abricots, qui mit tout le monde de bonne humeur. Sauf Géraldine.

Hector au balcon

Plus tard, l'assemblée se retrouva au salon où on servit des alcools pour les alcooliques et des jus de fruits fraîchement pressés ou des infusions pour ceux qui estimaient avoir déjà trop bu.

Hector vit que le Vieux François était sorti sur le grand balcon du salon. Il décida de le rejoindre, car il se sentait un peu gêné de son éclat de tout à l'heure et préférait se faire oublier pendant que Clara faisait du *damage-control* en commençant une aimable conversation avec Géraldine.

— Quelle vue !, dit le Vieux François en inspirant avec un plaisir visible une bouffée de sa cigarette. Quel monument !

Hector croyait qu'il parlait de la tour Eiffel qui brillait dans la nuit, mais non, c'était du palais de Chaillot, avec son esplanade d'où les touristes du monde entier venaient justement admirer la vue sur la tour.

— J'aime bien le style néoclassique, dit le Vieux François. On dit souvent que c'est mussolinien ou même stalinien, mais on oublie que ce palais a été érigé pour célébrer une Exposition universelle, en pleine paix. Et les statues ne sont pas du tout guerrières, ce sont des bergères, des nymphes, des muses. Si les gens avaient su ce qui les attendait deux ans plus tard…

Hector se souvenait de la célèbre photo montrant un petit homme moustachu sur cette même esplanade, au moment où il venait célébrer la prise de ce qu'il considérait comme la plus belle capitale du monde. Lui aussi avait dû apprécier l'architecture néoclassique.

— On dirait presque l'image de la vie, dit le Vieux François. On ne sait jamais ce qui nous attend : on naît comme un monument pacifique pour célébrer les sciences et les techniques, puis on devient un promenoir pour l'un des grands assassins de l'histoire, et puis le lieu de la première assemblée générale des Nations unies, au cours de laquelle on a proclamé la Déclaration universelle des droits de l'homme. Et maintenant, on a oublié tout ça, on vient juste pour les musées et le théâtre… et pour la vue sur la tour Eiffel !

Hector aimait écouter le Vieux François face au spectacle de Paris, avec en fond sonore la rumeur paisible des voix qui leur arrivait du salon.

La cigarette du Vieux François rougeoya à nouveau dans la nuit, puis il continua :

— Ça doit être une question d'âge, mais j'ai l'impression que la vie des lieux commence à m'intéresser plus que celle des gens. Et vous, cher ami ?

Hector était surpris par cette question.

— Euh, pas encore peut-être. J'aime toujours écouter mes patients… enfin, la plupart.

— Mais pas Géraldine, par exemple.

— Ah, dit Hector un peu embarrassé.

Un peu dégrisé par l'air frais, il se sentait de moins en moins fier de sa tirade de tout à l'heure.

— Vous ne croyez pas qu'il serait temps de revenir me voir ?, lâcha d'une voix douce le Vieux François.

À ses débuts dans le métier ou même plus tard, quand il se trouvait face à un patient particulièrement difficile, Hector allait lui parler. Il était toujours d'excellent conseil.

Cette fois, ce serait lui, Hector, le sujet de leur prochaine rencontre.

Hector se sent coupable

Sur le chemin du retour, Hector s'attendait à des remontrances. Et, en effet, Clara était en colère.

Ils avaient attrapé l'un des derniers bus, le 63, l'une des lignes préférées d'Hector, et ils auraient pu profiter du spectacle de la Ville lumière qui défilait le long du parcours, mais l'humeur n'était pas à l'émerveillement.

— Qu'est-ce qui t'a pris ?, lança Clara au moment où le bus arrivait place d'Iéna, où la statue de Washington semblait diriger la circulation nocturne du haut de sa colonne.

— Je ne sais pas...

— Faire ça à nos amis, quand même...

C'était vrai, et Hector s'en voulait d'avoir infligé ce petit discours de vérité à leurs amis. En même temps, il essayait de se trouver des excuses : il avait bien droit à un petit coup de folie, lui qui passait son temps à se contrôler.

— Je crois que je suis... fatigué, admit-il.

— Fatigué ?

— Oui, et puis Géraldine m'a toujours tapé sur les nerfs, tu sais.

— Et ce que tu disais, ça nous concernait aussi ?

— Ce que je disais ?

— Oui ! « Nous faisons semblant de nous aimer... »

Hector se tourna vers Clara et passa un bras autour de son cou. Le bus était désert, à part une autre vieille dame philippine, qui avait sans doute servi à un autre dîner et revenait chez elle, ainsi que deux adolescents élégants mais à moitié ivres qui rigolaient à l'arrière.

— Non, mon amour, ça ne nous concernait pas...

Clara se serra contre lui. Hector sentit ses larmes contre sa joue.

Le bus venait de traverser le pont de l'Alma. Ils longeaient la Seine, et c'était comme une succession de joyaux allumés dans la nuit, le Grand Palais, le pont Alexandre-III, les Invalides, la Concorde au loin. Hector se dit que la beauté de Paris aurait dû l'aider plus souvent à apprécier sa vie.

Plus tard, chez eux, ils se retrouvèrent dans la cuisine où Clara préparait une infusion de rooibos pour arriver à bien dormir après tous ces vins. Elle pensait toujours qu'il leur fallait absolument ingérer des antioxydants pour combattre l'effet de l'alcool sur leur matériel génétique. Clara travaillait pour une grande entreprise qui fabriquait des médicaments ultramodernes, mais à la maison, elle adorait faire collection d'infusions exotiques et énumérait toujours à Hector les bienfaits attendus – qu'en général, aucune étude n'avait démontrés.

Tandis qu'Hector la regardait préparer la théière, il se sentait plein d'amour pour elle et regrettait de l'avoir inquiétée avec son prêche au-dessus du plateau de fromage. Se sentant coupable des pensées qui lui étaient venues juste avant sur leur couple, il préférait ne même pas trop y repenser.

Clara avait toujours l'air soucieuse. Elle s'assit en face de lui, après avoir disposé les tasses.

— Tu n'es plus le même, dit-elle.

Plus le même ? Hector savait qu'il était toujours Hector. Il dit qu'il ne voyait pas du tout ce qu'elle voulait dire.

— Tu ne te rends pas compte ?

En effet, il ne se rendait pas compte.

Et surtout, il avait terriblement sommeil, même avant le rooibos, et une grande envie d'arrêter la conversation, en disant : « C'est bien possible, on en reparlera demain », mais la vie lui avait appris que certaines discussions doivent être menées quand elles ont commencé, spécialement avec la femme qu'on aime.

Il posa donc une question :

— Je ne me rends pas compte de quoi ?

Au début, il la regretta, parce que c'était une question à laquelle on ne pouvait répondre par oui ou par non, mais ensuite, il ne la regretta plus parce que Clara lui dit des choses vraiment importantes.

Il savait déjà de quoi il s'agissait, mais il ne voulait pas voir.

Ce qu'a dit Clara

— D'abord, tu ne m'écoutes plus comme avant, dit Clara.

Hector essaya de bien ouvrir les yeux pour ne pas lui donner une raison de plus de trouver qu'il ne l'écoutait plus.

Avant, quand il revenait à la maison, Clara le laissait se reposer un peu, car elle savait qu'après une journée à écouter les gens raconter leurs malheurs, il ne pouvait pas tout de suite se remettre à parler et à écouter, un peu comme un moteur qui a trop chauffé et qu'il faut laisser refroidir.

Hector allait en général boire une bière bien fraîche au salon en lisant un quotidien, et puis il revenait auprès d'elle, tout ragaillardi. Clara lui racontait alors les événements de sa journée. C'était amusant, parfois. La vie dans une grande entreprise avait des côtés loufoques et Clara semblait dotée de lunettes spéciales pour les percevoir. Parfois aussi, elle avait des vrais problèmes qu'elle lui racontait. Il avait appris à se retenir de dire : « Pourquoi tu ne fais pas ça ? », car il avait compris que, la plupart du temps, elle avait déjà trouvé la solution, mais qu'en parler avec lui permettait à elle aussi de refroidir, comme pour lui quand il buvait une bière en ne disant rien.

— Mais si, je t'écoute toujours mon amour.

Clara eut un petit sourire triste.

— Non, tu fais semblant. Assez bien, d'ailleurs. Tu émets de petits « mmmh, mmmh… », comme avec tes patients, je suppose. Ça marche peut-être avec eux, mais moi, je sais bien que tu ne m'écoutes plus.

Hector voulut se défendre, mais il savait bien que Clara avait raison.

— Et puis, tu ne me racontes plus rien !

— Vraiment ?

Là encore, il se dit que c'était vrai.

— Je suis désolé.

Avant, quand il avait bien récupéré avec sa bière et son journal, il retrouvait le don de parole. Il lui racontait des anecdotes souvent drôles ou émouvantes sur ses patients. Et parfois, elle disait qu'elle les trouvait moins fous et bien plus sympathiques que certains de ses chefs ou de ses collègues.

Clara eut un autre petit sourire triste.

— Au début, je me suis dit que je… ne t'intéressais plus. Que c'était peut-être normal, qu'on était comme les autres couples – Hector vit les larmes perler aux yeux de Clara –, qu'à partir de maintenant on allait juste se supporter…

Il se leva pour la prendre dans ses bras, et elle aussi se leva, et ils se retrouvèrent dans les bras l'un de l'autre. Elle arrêta de pleurer et reprit :

— Mais je me suis dit qu'il y avait autre chose. Tu as l'air sur les nerfs presque tout le temps, tu t'énerves pour rien, comme ce soir. Ça arrive souvent, tu sais.

Hector se sentait plein d'amour pour Clara, mais il n'avait vraiment pas envie d'entendre le récit de toutes les fois où il s'était énervé pour un rien. Il n'y avait jamais pensé, mais il avait une vague, très vague impression que c'était arrivé souvent ces derniers mois. Il lui dit qu'elle avait raison : c'était sans doute vrai qu'il ne se sentait pas bien ces derniers temps, il se sentait épuisé, mais avant tout, il l'aimait, sans elle, ça aurait été sûrement bien pire, elle était la lumière de sa vie dans cette vallée de ténèbres…

Non, il arrêta sa phrase avant « dans cette vallée de ténèbres », mais il le pensa très spontanément – autre signe qu'en ce moment, il n'avait pas une vision très positive de sa vie, même s'il évitait d'y penser.

Il continua cependant à murmurer à Clara des choses tendres et sincères. Et puis, ils allèrent paisiblement se coucher et s'endormirent aussitôt, peut-être sous l'effet du rooibos.

Hector se penche sur son cas

Au cours de la nuit, Hector se réveilla.

Était-ce parce qu'il n'avait pas assez bu de rooibos, trop bu de champagne ou parce que la déclaration de Clara l'avait d'une certaine manière réveillé pour de bon ?

Il repensa à tout ce qu'elle lui avait dit.

Et soudain, tout lui revint : ses petites colères de ces mois passés. Au volant contre des conducteurs discourtois, au restaurant contre un maître d'hôtel hautain, à l'aéroport contre des agents de sécurité mal élevés – Clara avait eu peur qu'on les empêche de prendre l'avion. Et plein d'autres occasions où il ne s'était pas mis vraiment en colère, mais s'était senti très énervé.

Il comprit peu à peu que, depuis des mois, peut-être des années, comme un petit fond de colère bouillonnait à petit feu en lui.

Il était arrivé à le cacher aux autres et à lui-même, mais pas à Clara.

Il se mit à réfléchir un peu à son propre cas, comme si c'était celui de quelqu'un d'autre. Ça peut vous paraître impossible, mais Freud lui-même a affirmé qu'il avait réussi à s'autoanalyser, devenant ainsi une sorte de superhéros aux yeux de ses disciples éblouis.

Pour se dissimuler son état, comme cacher son moi à son moi, si vous voulez, il avait fait appel à des mécanismes de défense. « Faites-moi donc une liste de vos mécanismes de défense », aurait pu demander le psychiatre Hector au patient Hector. Hector le patient étant aussi Hector le psychiatre, il aurait forcément compris la question. En réfléchissant un peu, il se dit qu'il s'était caché son état grâce à un mélange de déni et de refoulement, deux mécanismes de défense considérés comme pas très bons pour la santé.

Le déni, c'est lorsque vous refusez de voir quelque chose qui est pourtant évident, en vous ou au-dehors, car cette vision serait difficile à supporter. Par exemple, vous disposez de tous les indices pour voir que votre conjoint vous trompe – d'ailleurs, tout votre entourage s'en doute –, mais vous, vous ne les remarquez pas alors qu'ils crèvent les yeux. Car prendre conscience de cette infidélité vous causerait trop de souffrances et de problèmes. Le déni lui avait ainsi permis de ne pas voir ses colères, de ne pas y penser, de les oublier en quelque sorte, ce que ne pouvait pas faire Clara.

Le refoulement, c'est lorsque vous arrivez à colmater complètement un sentiment en général désagréable, comme la colère, justement. Ce n'est même pas que vous contrôlez votre colère, c'est qu'elle est retenue tellement en profondeur qu'elle n'arrive jamais à la surface de votre conscience et que vous ne vous en apercevez pas.

Or ces deux mécanismes, le déni et le refoulement, ne marchent pas toujours. Ils entretiennent un petit bouillonnement en profondeur, et un jour, un jet de vapeur imprévu s'échappe, comme avec Géraldine, tandis que le reste du temps cette surchauffe rend irritable en permanence.

Comment !, allez-vous dire. Le déni, le refoulement, c'est de la psychanalyse ! Et Hector n'est pas psychanalyste ! En effet, mais cette théorie lui semblait intéressante pour expliquer certains problèmes, à défaut d'élucider les causes des grandes maladies psychiatriques, ce que les disciples trop fervents de Freud avaient pourtant cru pendant trop longtemps.

C'était un peu la même chose pour le catholicisme.

On pouvait accepter le message du Christ, considérer que les rites chrétiens avaient du bon pour rapprocher les hommes et modérer les puissants, mais douter sérieusement que le monde ait été créé en sept jours, que le Soleil tourne autour de la Terre ou que le pape soit toujours infaillible – d'ailleurs, lui-même ne le croyait plus.

C'est ainsi que, dans le grand paysage de la psychanalyse, Hector avait retenu avec intérêt la théorie des mécanismes de défense, d'ailleurs inventée par la fille de Freud elle-même, qui avait été analysée par son papa… et ne s'était jamais mariée.

Sur une vision du Soleil tournant autour de la Terre dans une nuit étoilée peuplée d'anges et de démons, Hector finit par s'endormir.

Le lendemain, à la table du petit déjeuner – sans céréales –, Clara lui dit :

— Et si on prenait des vacances ?

Hector la regarda. On distinguait à peine qu'elle avait pleuré la veille. Elle avait l'air impeccable, prête à aller impressionner tout le monde au bureau. Dans la rue, certains hommes devaient sans doute se retourner sur son passage. Il aurait dû mieux apprécier sa chance.

— C'est une bonne idée, dit-il.

Pourtant, il savait bien que des vacances ne suffiraient pas.

Il voyait l'inquiétude et la tristesse dans le regard de Clara.

— Et si tu allais en parler à un collègue ?

— C'est déjà décidé.

Il lui parla de la conversation qu'il avait eue avec le Vieux François.

Elle eut l'air un peu rassurée : elle le connaissait et l'appréciait beaucoup elle aussi.

Une nouvelle journée s'annonçait. Hector se promit de ne pas renouveler son petit moment de folie devant ses patients. Même les plus ennuyeux.

Hector en thérapie française

Hector et le Vieux François n'arrivèrent pas à trouver de place dans leurs emplois du temps respectifs, alors ils décidèrent de se retrouver un samedi pour déjeuner. Là encore, ce n'était pas vraiment conseillé pour une thérapie, mais puisqu'il s'agissait de deux psychiatres, amis qui plus est, ce n'était pas vraiment une thérapie non plus.

Quand Hector arriva à la brasserie de l'hôtel Lutetia, le Vieux François était déjà assis sur une banquette face au boulevard Raspail et au square Boucicaut. En s'approchant, il fut frappé par l'air de jeunesse que paraissait avoir pris son collègue. Ses cheveux avaient l'air plus touffus qu'auparavant et, quand ils commencèrent à parler, son visage lui sembla plus animé, moins ridé que dans son souvenir. Bizarrement, son costume très traditionnel et son nœud papillon donnaient l'impression d'appartenir à une autre époque et à un homme plus âgé qu'il ne paraissait aujourd'hui.

— J'aime beaucoup cet endroit pour bien des raisons, dit le Vieux François.

— Encore l'histoire des lieux ?

— Exactement. Même si je trouve la nouvelle décoration de la brasserie un peu trop sobre.

Les couleurs noire et argent allaient bien avec les costumes noirs et les tabliers blancs des serveurs. La décoration datait d'au moins vingt ans, mais pour le Vieux François, elle semblait nouvelle. Autour d'eux, les convives avaient tous un certain âge, visiblement des habitués, beaucoup de couples et aussi quelques hommes et femmes d'affaires, mais habillés de manière plus décontractée que sur la rive droite, des gens de l'édition ou des médias plutôt que de la banque.

— Je vous conseille les huîtres, cher ami, et quant à moi je les ferai suivre par un pot-au-feu, il est excellent ici.

Hector fit de même, et bientôt ils attaquèrent leur douzaine de fines de claire n° 3, couleur de mer et de rocher. Ils commandèrent du sancerre blanc, chacun un verre, ce qui est la manière française de ne pas boire vraiment.

— Bon alors, dites-moi, où en êtes-vous ?

Hector lui raconta sa conversation avec Clara et ce qu'il avait ressenti pendant la nuit : le sentiment que son bureau devenait une prison, l'attention qu'il prêtait aux jolies passantes, ses colères plus ou moins retenues.

— Enfin, vous m'avez vu avec Géraldine, même si j'ai réussi à me contrôler.

— Je vous ai vu pâlir, dit le Vieux François, ce qui est le signe d'une colère forte.

— Et si j'avais rougi ?, dit Hector pour essayer de plaisanter.

Le Vieux François sourit.

— J'ai lu une étude… La pâleur signerait une colère plus violente, qui prépare au combat : le sang se retire de la peau et va vers les muscles et le cerveau. Quand on rougit, c'est qu'on commence à se contrôler.

Le Vieux François avait appris la psychiatrie avec un disciple direct de Freud, mais il aimait aussi la biologie et d'autres disciplines, c'était ce qu'on appelle un puits de science.

— À votre avis, qu'est-ce qui explique vos colères de plus en plus fréquentes ?, demanda le Vieux François après avoir dégusté une huître.

Hector avait eu le temps de réfléchir à son cas.

— Je n'ai plus rien à espérer. Et ça me met en colère.

— Plus rien à espérer ?

Le Vieux François avait l'air assez surpris.

— Si vous voulez, je peux espérer que les choses continuent comme ça, que rien ne tourne mal, mais à mon âge, dans mon métier, je n'ai plus rien à espérer de nouveau.

Le Vieux François hocha la tête.

— À votre âge, en général on se contente de ça, maintenir sa vie comme elle est, surtout quand elle est agréable.

— C'est vrai, je dois être plus jeune que mon âge.

— La plupart des gens pensent qu'ils sont plus jeunes que leur âge chronologique, ajouta le Vieux François, mais c'est vrai que vous paraissez assez jeune.

— C'est peut-être le problème, remarqua Hector. Je devrais peut-être prendre un coup de vieux et me résigner !

— Ne vous inquiétez pas, les coups de vieux arrivent bien assez vite, dit le Vieux François en rigolant.

Hector se dit qu'il avait plutôt l'air d'avoir pris un coup de jeune depuis leur dernière rencontre. Maintenant, il en était sûr, le Vieux François devait se teindre un peu les cheveux et il avait dû faire quelque chose pour son visage, même si le résultat paraissait très naturel. Il se sentait un peu déçu : cette teinture pour cheveux et ce traitement cosmétique ne correspondaient pas à l'image qu'il avait du Vieux François, qu'il croyait être devenu un sage détaché de toutes les vanités de l'existence. Serait-il de si bon conseil que ça ? Mais la sagesse consistait peut-être à accepter que personne n'est complètement sage et que les meilleurs conseils viennent parfois de personnes qui n'arrivent pas à se les appliquer à eux-mêmes.

— Je crois que je me sens aussi en colère contre moi-même de n'être pas heureux d'une vie dont beaucoup pourraient rêver. Et je trouve que je commence à ressembler aux plus énervants de mes patients, ceux qui ont tout mais ne sont pas satisfaits…

— Vraiment ?, dit le Vieux François.

— J'ai l'impression que, si je continue sans rien changer, je vais péter un câble…

— Mieux vaut éviter, en effet, dit le Vieux François, car il avait compris que, par « péter un câble », Hector voulait dire « passer à l'acte ».

Il resta sans rien dire pendant quelque temps en regardant dehors les arbres du square Boucicaut qui se couvraient de jeunes feuilles, comme lui-même semblait s'être fait pousser de nouveaux jeunes cheveux, pensa Hector. Le Vieux François voulait-il paraître plus jeune pour une femme ?

— Bon, dit le Vieux François, avec vous, je peux aller vite. Je dirais que vous souffrez d'au moins trois problèmes en même temps.

— Ça ne fait pas beaucoup pour un seul homme ?, dit Hector en souriant.

Le Vieux François commença à compter sur ses doigts.

— *Burn-out* professionnel…

Oui, pensa Hector. Son carnet de rendez-vous était bien trop chargé, et depuis trop d'années. Il avait parfois l'impression de ne plus arriver à écouter assez bien ses patients, de se sentir souvent épuisé. Heureusement, il n'avait pas atteint le stade de Tristan : il se souciait encore réellement de ses patients et s'inquiétait parfois quand il ne se sentait pas efficace.

— … syndrome du nid vide.

Hector pensait que c'était surtout Clara qui souffrait de ne plus avoir les enfants à la maison, mais, à cet instant, il se dit que oui, lui aussi ne s'y était pas encore habitué et qu'ils lui manquaient, même s'ils se voyaient assez souvent sur leur écran d'ordinateur. Et puis, leur présence le distrayait certainement du sentiment de sa propre mortalité, qu'il éprouvait de plus en plus souvent.

— Pour finir, dit le Vieux François en levant l'index et le majeur de chacune de ses mains comme pour faire des guillemets, une bonne petite « crise du milieu de vie ».

Moi aussi, pensa Hector, tandis que le serveur emportait les coquilles vides qui s'étaient accumulées dans leurs assiettes.

Hector se trompe

— Résoudre le *burn-out*, c'est plus facile pour vous que pour d'autres, continua le Vieux François, vous n'avez pas de chef et vous pouvez déjà essayer de réguler votre charge de travail.

— C'est une chance, je le sais, dit Hector en pensant à tous ses amis qui travaillaient en entreprise, comme Clara, et qui lui disaient qu'ils enviaient sa liberté, sans chefs, sans réunions, sans objectifs à atteindre.

Il aurait pu leur expliquer qu'il se sentait parfois comme enchaîné à son bureau et qu'il se sentait bien seul, mais il ne voulait pas accabler ses amis de ses problèmes. Il ne voulait en parler qu'au Vieux François.

— Et votre syndrome du nid vide ?

— Oui, les enfants nous manquent, me manquent, mais je crois qu'on va s'habituer.

— Je n'en doute pas, dit le Vieux François. En général, ça passe quand on a une vie bien remplie. Avez-vous réfléchi, cher ami, que le nid vide, c'est encore une affreuse maladie du monde moderne, comme les embouteillages et les maisons de retraite ?

— Une maladie du monde moderne ?

— Bien sûr. Autrefois, le nid vide, ça arrivait moins souvent, car quand les enfants étaient devenus grands, en général on était déjà mort !

Le Vieux François éclata de rire, en montrant des dents très blanches. Hector ne l'avait jamais vu rire comme ça.

— Et si, par chance, ce n'était pas le cas, vos rejetons vous gardaient à la maison, près de la cheminée, cette maison qui souvent avait été aussi celle de vos parents. Vous savez, je suis l'un des derniers témoins de ce monde-là. Dans les maisons de mon enfance, il y avait toujours une grand-mère ou une grand-tante qui s'éteignait doucement quelque part dans une chambre, et parfois en essayant de se rendre utile.

Le Vieux François avait des enfants et des petits-enfants, mais à voir sa forme du jour, Hector se dit qu'il avait encore de nombreuses années devant lui à ne pas être à leur charge.

Le serveur, vraiment jeune, remarqua Hector, apporta les deux cocottes en fonte noire dans lesquelles fumait le pot-au-feu.

— L'essentiel pour ce plat, reprit le Vieux François, c'est de choisir la bonne pièce de viande. Il faut plutôt du paleron ou du plat de côte, le reste n'est souvent pas assez tendre.

Ils continuèrent à ne pas boire vraiment – avec cette fois deux verres de château-maucaillou, qui prenait une belle couleur rubis dans les rayons de soleil atteignant leur table. Dans le square Boucicaut, Hector apercevait de petits enfants encore en manteaux d'hiver qui jouaient, surveillés par leur maman ou leur nounou.

Peut-être un jour certains viendraient-ils eux aussi déjeuner au Lutetia pour discuter de leur crise du milieu de vie, en regardant jouer d'autres enfants qui leur succéderaient.

— Et cette crise du milieu de vie que j'ai évoquée, dit le Vieux François. Qu'en pensez-vous ?

Hector dit qu'il se trouvait un peu retardé : il la faisait un peu après le milieu de sa vie, sauf s'il vivait centenaire.

— Ça n'a rien d'improbable, avec les progrès de la science !, rétorqua le Vieux François avec une force qui fit sursauter Hector.

Puis il se tourna vers le serveur pour demander du gros sel. Le Vieux François voulait saler le joli cylindre rose de moelle qu'il avait extrait de l'os de bœuf et qu'il contemplait avec appétit.

— Je crois que je ne fais qu'une demi-crise du milieu de vie, dit Hector.

— Une demi-crise ?

— Oui, je n'ai pas toute la composante regret, sentiment d'échec, etc.

Il avait vu ça souvent chez des patients comme Olivia ou Sabine : ils avaient soudain l'impression que leur vie jusqu'alors avait été une erreur, qu'ils avaient choisi une mauvaise voie. Et ils s'en voulaient ou en voulaient aux autres de les avoir mal conseillés pour se retrouver dans un mariage ou un métier qui ne les avaient jamais rendus heureux. Ces personnes souffraient d'une « relecture négative du passé » et oubliaient les moments heureux de leur mariage ou de leur métier, mais c'était normal, quand on est triste ou en colère, on revient surtout sur des souvenirs qui rendent tristes ou en colère.

Ce n'était pas le problème d'Hector. Jusqu'alors, il avait toujours été globalement content de son métier, même de son absence de carrière, et il ne regrettait rien, mais là, simplement, il ne se voyait pas passer le reste de sa vie comme enchaîné à son bureau.

— Il va falloir examiner les raisons de votre lassitude, dit le Vieux François en examinant son os pour voir s'il ne restait pas de moelle. Il faudrait peut-être reconsidérer votre manière de travailler, vos relations avec vos patients. Vous le savez bien, il ne faut pas les laisser vous vider complètement, comme je viens de le faire avec cet os à moelle !

— Je crois que, après certaines journées, je me sens un peu trop vidé, en effet...

— C'est le problème de notre métier : trouver la bonne distance. Trop proche des patients, on s'épuise ; trop loin, on devient cynique, on s'en fout, et dans les deux cas, on est moins efficace. Peut-être pourriez-vous reprendre une supervision régulière, pour revoir votre pratique différemment. Pas avec moi, bien sûr, je me sens un peu loin de la pratique maintenant...

C'était une bonne idée, mais Hector lui livra le fond de sa pensée :

— Je me demande si j'ai vraiment envie d'améliorer ma pratique, de voir mes patients différemment. Je crois que j'ai plutôt le désir de démarrer une nouvelle vie – juste professionnelle, remarquez, je n'ai pas envie de quitter ma femme !

Le Vieux François ne dit rien pendant quelques secondes, puis :

— Vous y pensez parfois ?

Hector s'y attendait : quand on proclamait un peu fort qu'on n'avait pas envie de quelque chose face à un psychiatre, il se demandait si vous n'étiez pas justement en train d'essayer de repousser cette envie.

Hector avoua au Vieux François qu'il ne pouvait s'empêcher de rêver quelques secondes quand il croisait une femme particulièrement séduisante, mais ça ne durait pas longtemps, il savait qu'avoir une aventure, c'était comme une soirée très arrosée, ça vous faisait beaucoup de bien au début, quel bonheur, mais ensuite ça pouvait vite ressembler à un lendemain de cuite, sauf que ça ne pouvait pas se calmer avec un peu d'aspirine.

— Risquer de faire du mal à Clara…

— C'est ce qui vous retient ?

— Oui. Et puis, je sais que ce serait assez immature. Avoir une aventure avec une jeune femme, s'acheter un cabriolet, ça serait un peu devenir un cliché de la crise du milieu de vie, non ? Une liaison pour se rassurer et se sentir jeune, j'ai vu ça tellement de fois…

Le Vieux François sourit, comme pour dire qu'il comprenait, ou peut-être souriait-il parce qu'il venait juste de découvrir dans sa cocotte un morceau de bœuf – plat de côte, semblait-il – caché par un navet qu'il n'avait pas vu jusque-là.

— Cher ami, je dois vous avouer que je garde un merveilleux souvenir de mon spider Alfa 2000. Il était rouge. Je devais avoir votre âge, d'ailleurs… Ah, longer la mer sur une route de corniche de la Riviera italienne, les cheveux au vent, avec une tête charmante inclinée sur mon épaule…

Le Vieux François avait le regard rêveur. Du coup, ça fit une seconde rêver Hector. Était-ce Clara qu'il aurait imaginée avec lui dans ce spider rouge ?

— Bien sûr, vous regardez ça avec toute votre maturité, reprit le Vieux François.

— Oui, mais comme je vous l'ai dit, parfois, j'ai le sentiment que ça ne va pas, que je ne veux pas passer la vie qui me reste comme ces temps derniers.

— Voilà, dit le Vieux François, c'est typique de la crise du milieu de vie ! On pense à ce qui reste…

— C'est vrai, et on veut l'utiliser au mieux.

— C'est la preuve qu'on se sent encore assez jeune, cher ami. Moi, je me contente de vouloir continuer comme ça aussi longtemps que possible.

Pourtant, en voyant l'énergie que dégageait le Vieux François, on pouvait se dire qu'il en avait encore assez pour un changement de vie, voire deux, mais peut-être était-ce la joie de se retrouver pour un bon déjeuner au Lutetia.

— Je pense qu'il faudrait qu'on se revoie plusieurs fois pour en discuter, continua-t-il. Pas de décision précipitée, comme vous le savez.

Hector avait compris que par décision précipitée, le Vieux François voulait dire « passage à l'acte ». La psychologie, c'est comme un dictionnaire à double entrée.

— J'ai annulé pas mal de rendez-vous la semaine prochaine, dit Hector, et je reste à Paris. Donc, quand vous voulez.

— Nous pourrions nous voir assez régulièrement, dit le Vieux François en regardant Hector, comme pour lui faire comprendre qu'il trouvait son cas assez sérieux. D'ici là, vous pourriez faire une petite liste de tout ce que vous attendez d'une nouvelle vie.

Hector était d'accord. Les cocottes méticuleusement vidées furent emportées et, bien que le Vieux François et Hector se soient déclarés mutuellement qu'ils ne prendraient pas de dessert, le Vieux François demanda à revoir la carte.

Hector hésitait en voyant qu'il y avait du baba au rhum quand il vit le Vieux François regarder derrière lui. Une expression de bonheur passa sur son visage.

— Ah, Ophélie…

Hector se retourna et aperçut une jeune fille qui venait à leur rencontre en souriant. C'était sans doute pour elle que le Vieux François voulait rajeunir ! Elle était magnifique, il est vrai. Encadré par des cheveux couleur feuille morte, son visage était simple et beau, comme celui d'un ange de Botticelli, se dit Hector. Surtout, son sourire rayonnant semblait exprimer le bonheur d'être au monde.

Elle se pencha vers le Vieux François et l'embrassa sur la joue, puis se tourna vers Hector.

— Je vous présente, Ophélie, ma petite-fille, dit le Vieux François.

— Grand-père m'a souvent parlé de vous !, dit la jeune fille.

Hector s'émerveille

Ils avaient traversé le boulevard Raspail pour pénétrer dans le square Boucicaut, où le Vieux François voulait fumer une cigarette. De là, on s'apercevait que la magnifique façade du Lutetia n'était pas rectiligne, mais se bombait en discrètes ondulations verticales comme si les architectes de l'époque avaient décidé qu'une façade plate aurait été trop banale.

— Ensuite est arrivé le fonctionnalisme, dit le Vieux François, une idée aussi intéressante et riche d'espoir que le communisme. Et voilà ce que ça donne, dit-il en désignant le seul immeuble moderne du carrefour, un grand clapier à lapin avec des balcons en verre fumé.

— On se demande ce qu'ils ont détruit pour construire ça !, observa Ophélie d'un ton révolté et Hector fut touché qu'un être aussi jeune ait envie de défendre les vestiges du passé.

— Le problème, continua le Vieux François c'est que les régimes politiques erronés s'effondrent, mais que les bêtises des architectes demeurent…

Ophélie s'intéressait aussi à la nouveauté. Elle était étudiante dans une école de journalisme. Elle rêvait d'être envoyée plus tard dans les pays lointains, révéla-t-elle à Hector. Comme mes enfants, pensa-t-il.

— Je crois qu'elle a hérité du gène vagabond d'une partie de la famille, dit avec plaisir le Vieux François, qui avait énormément voyagé dans sa vie.

— Et qui sont ces dames ?, demanda Ophélie.

Elle désignait près d'eux un groupe sculpté dans le marbre blanc : deux femmes chaudement vêtues se penchaient vers un petit garçon visiblement pauvre et l'une d'elles paraissait chercher dans son sac à main de l'argent à lui donner.

— Je ne crois pas les avoir connues personnellement, dit le Vieux François en souriant.

— Grand-Père !

— À gauche, c'est Marguerite Boucicaut, ancienne gardeuse d'oies, qui a fondé avec son mari, ancien commis de boutique, Le Bon Marché, le premier des grands magasins. Le voilà, juste en face, aussi beau que le Lutetia, hôtel d'ailleurs créé pour accueillir sa riche clientèle de province venue faire ses courses à Paris…

— Quel bonheur pour la femme du notaire !, dit Ophélie.

— À droite, vous pouvez voir la baronne Clara de Hirsch, père sénateur et banquier, grande famille juive de Belgique, épouse du baron de Hirsch, banquier également, grand-père anobli par Maximilien Ier, roi de Bavière.

— Et pourquoi elles sont là ensemble ?

— Elles ont passé leur vie à créer pour les démunis des écoles et des hôpitaux, qui portent leur nom, parfois. Au Bon Marché, les employées avaient une assistance médicale bien avant la Sécurité sociale et des cours du soir !

— Deux grandes femmes, dit Ophélie. C'est bien, ça change des statues de jolies déesses à moitié nues qu'on voit d'habitude.

Hector faillit dire qu'il préférait voir des statues de jolies déesses à moitié nues, mais il se retint en se disant que cette plaisanterie convenait pour le Vieux François, par pour Ophélie.

Le Vieux François expliqua qu'elle devait écrire un article pour son école et qu'elle avait choisi comme thème la psychiatrie d'aujourd'hui. Et, bien sûr, elle avait commencé par longuement interviewer son grand-père.

— Mais moi, je me sens un peu comme la psychiatrie d'hier, dit le Vieux François.

— Pas du tout, Grand-Père ! Tu m'as raconté des choses très modernes.

— Peut-être, mais il te faut plusieurs interlocuteurs. Vous accepteriez, cher ami ?

— Bien sûr.

Comment refuser d'aider la petite-fille d'un ami à faire ses premiers pas dans son métier ?

Finalement, il fallut se quitter. Hector vit le Vieux François repartir d'un pas guilleret avec Ophélie à son bras et il se demanda s'il connaîtrait un jour cette joie : aller faire une promenade avec sa petite-fille.

Sabine veut toujours changer de vie

— De toute façon, disait Sabine, vous aurez beau m'aider en me posant les bonnes questions et tout, je ne vois pas comment je pourrais être contente de mon métier en ce moment.

— Vous avez été contente jusqu'à maintenant.

— Oui, mais je crois que réussir, gagner plus d'argent, ça m'a un peu anesthésiée, pendant un temps.

Sabine venait de vérifier une théorie du bonheur ! Une grosse augmentation de niveau de vie rend d'abord plus heureux, mais ensuite, on s'habitue et on revient en quelques mois à son humeur grognon habituelle.

— Et puis, j'avais un bon chef, alors que le nouveau, il ne pense qu'à sa carrière.

— Tout le monde ne pense-t-il pas à sa carrière ?, demanda Hector, ajoutant *in petto* : « À part moi, et j'ai sans doute tort. »

— Oui, mais lui, ça se voit trop qu'il ne pense vraiment qu'à ça. Il est du genre *kiss-up, kick-down.*

Hector était bien content d'apprendre cette expression qui signifiait qu'on se montrait aimable avec ses supérieurs et brutal avec ses subordonnés. Il se réjouit de n'avoir personne de ce genre dans sa vie.

Sabine avait perdu un bon anesthésique pour les côtés un peu douloureux de son travail : un bon chef, du genre à pouvoir vous faire trouver supportable et même excitant presque n'importe quoi, si vous aviez aussi des capacités pour être un bon subordonné, comme Sabine.

Hector pensait que les jours de Sabine dans sa grosse entreprise étaient comptés, et il se demandait si elle le pressentait, mais le temps passait et il fallait parler aussi de l'autre thème de sa « crise du milieu de vie » : son mari.

— Oh, pour ça, je me demande ce que je peux espérer.

— Votre mari ne se rend pas compte que vous n'êtes pas satisfaite ?

— Je crois que j'ai renoncé à le changer, vous savez.

En résumé, il avait des qualités : il était de bonne humeur, aimait bien s'amuser, inviter des amis à la maison à l'improviste, aller boire un verre avec eux et il aimait aussi emmener Sabine et les enfants dans de belles randonnées pendant les vacances. D'un autre côté, il n'aimait faire que ce qui l'amusait lui. En somme, c'était un bon mari surtout pour les vacances. Sinon, ça ne l'amusait pas de faire les courses, d'accompagner Sabine faire du shopping ou d'aller voir les professeurs des enfants, ni de s'arranger pour passer du temps seul avec sa femme. Il préférait inviter ses amis à l'improviste. Dans sa carrière de professeur de tennis, c'était pareil, il ne se fatiguait pas trop pour avoir plus d'élèves ou plus d'heures de cours, il ne voulait avoir que des élèves sympathiques. Sabine le soupçonnait d'ailleurs d'avoir eu des aventures avec certaines femmes dont il avait amélioré le revers et peut-être d'autres performances.

— Comment vous prenez ça ?

— C'est un grand enfant, si vous voulez. Difficile de lui en vouloir. Et un bon père aussi. Que demander de plus ?

Hector se souvint soudain que Sabine lui avait raconté qu'elle avait eu un père rigolo, infidèle et dépensier. Ça avait dû un peu dérégler ou trop bien régler ses attentes envers les hommes.

Il suggéra que son mari l'accompagne la prochaine fois, pour qu'il puisse avoir son point de vue sur la situation. Était-elle d'accord avec cette idée ?

— Oh oui, bien sûr, mais, à mon avis, il ne voudra pas. C'est le genre de situation inconfortable qu'il fuit toujours. Docteur, et au boulot, si je leur collais ma démission ?

Hector sursauta.

— Il faudrait qu'on en reparle.

Roger revient

Hector attendait Roger, qui était très en retard.

Il commença à s'inquiéter : ces dernières années, Roger n'était jamais en retard – il se déplaçait toujours à pied, il aimait les longues promenades – et il n'avait jamais manqué une consultation. Il est vrai qu'il n'avait pas beaucoup d'autres rendez-vous dans son emploi du temps.

Pour essayer de se distraire, il revint à son projet de livre sur le changement de vie. Il essaya de dresser une liste des mécanismes de défense possibles face à cette crise, en prenant son cas, qu'il appela le cas de H.

Conversion : un matin, H. se réveille avec une mystérieuse paralysie des jambes qui l'empêche d'aller au bureau. Les examens ne donnent rien. Pourtant, la paralysie est bien réelle.

Délire : H. sait qu'il est le sujet d'une expérience de psychologie organisée par des extraterrestres diaboliques. Ils lui envoient des rafales successives de passantes séduisantes et de patients ennuyeux pour voir quand il va finir par craquer.

Le psychiatre Hector ne croyait pas vraiment à ces deux mécanismes de défense pour le patient H. Ça lui serait déjà arrivé quand il était plus jeune. En revanche, H. avait déjà utilisé les deux suivants :

Déni : H. ne voit pas qu'il n'en peut plus, ne prend pas conscience de son irritation presque permanente et de ses colères. Sa femme et un vieil ami le confrontent à son état.

Rêverie : H. rêve à une nouvelle vie, médecin de dispensaire en Afrique avec de jolies infirmières, propriétaire d'un restaurant de plage sur la Riviera italienne avec de jolies serveuses, crooner (après tout, Paolo Conte a commencé comme avocat) avec de jolies admiratrices.

Les suivants lui paraissaient aussi peu probables pour H., mais il était intéressant de les imaginer.

Passage à l'acte : H. drague une passante séduisante et l'emmène à l'hôtel. H. s'achète un spider Alfa. H. dit à ses patients ennuyeux de ne plus revenir le voir, jamais.

Projection : H. pense que sa femme veut changer de vie, l'imagine au bureau en compagnie de séduisants collègues, commence à contrôler subrepticement ses messages.

Intellectualisation : H. lit toute une bibliothèque de philosophie et de psychologie sur le changement de vie, analyse son propre cas, établit des listes, écrit un livre sur le thème.

N'était-ce pas ce qu'il était en train de faire ?

Déplacement : H. dit à ses patients de démissionner de leur boulot, de partir en voyage, de larguer leur conjoint, de se secouer un peu et de changer de vie.

Régression : Au retour du bureau, H. boit tous les jours quelques verres de plus. H. s'achète des collections de ses vieux films favoris pour les visionner en faisant la grasse matinée et en buvant du chocolat. H. se met à collectionner les montres ou les modèles réduits d'avions de la Seconde Guerre mondiale.

Compensation : H. fait de la musculation. H. s'achète un vieux cabriolet Rolls-Royce Corniche. H. cherche à devenir membre d'un club très select. H. veut se faire élire au conseil de l'ordre.

Il se dit qu'il valait mieux que Clara ne voie jamais cette petite liste : elle aurait pensé que ça correspondait à des projets, alors que c'était juste un exercice.

Petit Hector est devenu grand

Roger n'arrivait toujours pas.

Hector entendit un petit signal émis par son ordinateur : son fils l'appelait.

Hector II apparut ainsi sur l'écran, l'air sérieux comme toujours, avec juste un sourire fugace quand il vit à son tour le visage son père.

— Comment ça va, papa ?

— Très bien, et toi ?

— Tout va bien, ça continue.

Au début de son séjour à l'étranger, Hector II envoyait régulièrement à ses parents des photos où on le voyait sourire avant de monter dans un gros hélicoptère militaire, entouré de jeunes soldats taciturnes tous casqués et munis d'un gilet pare-balles. Des forces spéciales, avait expliqué joyeusement leur fils. Puis, ce charmant garçon avait compris que ce qui était excitant pour lui plongeait sa mère dans des angoisses incontrôlables, et il avait arrêté d'envoyer ce genre de clichés.

Avaient suivi d'autres photos plus rassurantes où Hector II, en compagnie de son chef, était assis en réunion avec des magistrats afghans à l'air grave, des représentants d'ONG, dont certaines femmes afghanes à visage découvert.

Pour ces réunions, ils arrivaient toujours à l'improviste et ils ne restaient jamais longtemps sur place, avait-il expliqué. Il ne fallait pas laisser le temps aux rebelles d'organiser une attaque.

— N'explique pas ça à ta mère, avait dit Hector.

Ensuite, pour se montrer vraiment rassurant, il envoya des photos de lui en réunion dans les bureaux de l'ambassade à Kaboul. Sur plusieurs, Hector avait remarqué une jeune femme brune, au regard intense. Une jeune avocate responsable d'une ONG œuvrant pour la défense des femmes afghanes, avait expliqué Hector II.

N'explique pas ça non plus à ta mère, avait pensé Hector, en notant le léger trouble dans la voix de son fils et le regard de la jeune Afghane tourné vers lui sur une des photos.

Ce matin-là, à l'écran, Hector II avait l'air frais et reposé, privilège de la jeunesse, pensa son papa, qui lui ne se sentait pas très en forme, alors que sa vie était moins mouvementée. Ou peut-être était-ce à cause de cela ?

— Je reviens à Paris, annonça-t-il.

— Pour de bon ?

Hector était si content, et il pensait à Clara qui le serait encore plus.

— Non, juste pour quinze jours.

— Seulement ?

— J'accompagne un groupe d'avocats afghans en formation à Paris.

Hector se demanda s'il ne verrait pas bientôt la jeune femme de la photo, mais il ne posa aucune question – il ne posait jamais de questions à ses enfants sur leur vie sentimentale, il attendait seulement les nouvelles vraiment importantes.

— Alors, à bientôt, papa !

— À bientôt, mon fils.

L'image d'Hector II disparut. Hector se dit que, dans les changements de vie spectaculaire, son fils commençait beaucoup plus tôt que lui.

Il entendit la secrétaire ouvrir la porte à un patient – ou plutôt à deux, le prévint-elle, c'était Roger qui était très en retard et Olivia un peu en avance.

Roger entra sans dire bonjour ni demander à Hector de l'excuser, puis il s'assit sur le fauteuil du patient, en fronçant les sourcils et en restant silencieux.

Hector s'inquiéta vraiment.

Roger avait certainement arrêté ses médicaments, il avait recommencé à délirer et peut-être même Hector faisait-il maintenant partie du délire. Il fallait voir si son patient ne le prenait pas soudain pour l'Antéchrist, lequel s'était incarné dans quelques-uns de ses délires précédents.

— Roger ?

Pas de réponse.

— Je vois que vous êtes arrivé très en retard. Avez-vous eu des problèmes ?

Silence obstiné de Roger, mais léger adoucissement de son regard fixe.

— Je pense que vous avez eu des problèmes, car vous n'êtes jamais en retard. Vous êtes bien le seul, d'ailleurs.

Roger baissa la tête, jetant le regard sur ses deux grosses mains poilues posées sur ses genoux.

Hector espérait que le délire qui était en Roger n'allait pas lui commander de l'étrangler. Il fallait essayer de garder le contact, le silence favorisait en général l'intensité des hallucinations.

— Roger, vous avez l'air d'écouter quelque chose. Serait-ce la voix du Très-Haut ?

Roger leva la tête et regarda Hector, cette fois d'un air légèrement effrayé.

— Roger, vous pourriez me dire ce que vous entendez ?

Roger fronça à nouveau les sourcils, il n'aimait pas les demandes trop pressantes.

Vous vous imaginez peut-être que, grâce à ses paroles adroites et pleines de compréhension, Hector allait calmer Roger. Au cinéma, ça se passe toujours comme ça : le psychiatre, grâce à sa profonde humanité et son prodigieux sens de la psychologie, arrive toujours à amadouer le plus furieux des forcenés. Après quelques moments de suspense, il finit par le faire sangloter comme un enfant et devenir doux somme un agneau. À force de voir des films, c'est ce qu'on attend d'un psychiatre. « Il y a un fou dangereux qui s'agite ! Appelez vite un psychiatre ! »

Hector et ses collègues savaient bien que, dans la vraie vie, ça ne se passait pas toujours comme ça. Quand quelqu'un s'était enfoncé trop loin dans la forêt de son délire, vous pouviez bien sûr essayer de lui parler, mais si ça ne marchait pas, mieux valait appeler la police ou des infirmiers habitués à ce genre de situation, enfin des gens assez costauds pour se jeter sur la personne, assez adroits pour la maîtriser sans lui faire de mal et lui administrer une injection de calmant, même si la scène n'était pas jolie-jolie du point de vue des droits de la personne, du respect de l'expérience originale de l'autre et de la force invincible de la compassion. Hector gardait une seringue remplie toute prête dans son tiroir de bureau pour ce genre de cas, mais il savait qu'avec quelqu'un de la corpulence de Roger et avec comme seule aide la secrétaire, qui devait peser cinquante kilos, il ne lui restait que son art, l'ancienne relation de confiance avec Roger et peut-être l'aide du Très-Haut pour éviter une catastrophe.

Soudain sonna la cloche de Saint-Honoré-d'Eylau, qui marquait la fin de la séance.

Roger se leva.

— Suis en retard, dit-il.

— Ça ne fait rien, Roger, il faut que nous parlions un peu.

Roger restait debout, hésitant entre partir et s'asseoir.

Hector se leva à son tour et lui indiqua de nouveau le fauteuil.

— Tenez, asseyez-vous. Moi, je vais me mettre dans l'autre fauteuil, dit Hector en désignant celui qui était destiné aux conjoints des patients.

Il espérait que ce petit changement de position distrairait un peu Roger et l'amènerait à s'asseoir. Ce qu'il fit.

— Bon, alors, où en êtes-vous de cette histoire de déménagement ?

Roger grogna.

— Ils m'entourent, ils me persécutent…

— Qui donc vous entoure ?

Roger regarda Hector comme s'il était idiot. Puis, il lui expliqua enfin que, la nuit, des personnes se postaient sur les toits proches de son studio pour l'espionner. Ils avaient aussi introduit des tranquillisants dans la conduite d'eau qui alimentait son robinet. Ils l'écoutaient au moyen de micros cachés dans sa télévision et qui se mettaient en marche dès qu'il l'allumait. Il avait de toute façon cessé de la regarder, car il avait remarqué dans plusieurs émissions qu'un intervenant ou un autre faisait toujours allusion à son cas personnel et à son déménagement par quelques phrases sibyllines du style « il est temps de partir » ou « ça passe ou ça casse ».

C'était ce que les psychiatres appelaient un délire paranoïde non structuré avec idées de référence. Hector trouvait ça intéressant, car ça ne ressemblait pas aux délires messianiques précédents de Roger, mais l'heure n'était pas à l'analyse fine des symptômes, il fallait que Roger reprenne des médicaments.

— Roger, tout ça doit être très stressant pour vous, il faut reprendre vos médicaments.

— Je ne veux pas. Je ne veux pas déménager.

— Pour le déménagement, on va voir, mais pour les médicaments, vous en avez besoin. Maintenant.

Là, on va abréger : pendant la demi-heure suivante, Hector essaya d'amener Roger à prendre tout de suite des comprimés qu'il avait sortis du tiroir de son bureau et près desquels il avait posé un verre d'eau.

Pendant ce temps, il entendit la cloche de l'église sonner de nouveau, puis les pas d'une personne qui entrait dans la salle d'attente.

Finalement, Roger se signa et avala rapidement l'un des comprimés. Hector aurait préféré qu'il en prenne trois.

Petite astuce, il avait donné des comprimés à effet retard dont l'action durait une semaine.

— Me v'la, dit Roger en se levant soudain.

Hector le suivit jusqu'à la porte du cabinet et lui dit d'attendre un peu dans la salle d'attente, mais Roger ne le regarda même pas. Sans un mot, il dévala l'escalier.

Très soucieux, Hector retourna dans la salle d'attente, d'où provenaient des éclats de voix : il découvrit Olivia et Tristan assis sur même canapé.

— Raisonnement absurde, soupirait Tristan.

— Indifférence au reste du monde ! s'exclamait Olivia.

Ils s'interrompirent en voyant Hector. Il expliqua la situation : il avait été retardé par une urgence. Olivia avait-elle encore du temps ? Tristan pouvait-il attendre ? Les deux dire oui.

Hector calme Olivia

— Dites donc, vous avez des clients vraiment antipathiques !, protesta Olivia.

— Vous voulez parler du monsieur qui attendait ?

Hector était assez contrarié : il veillait à ce que jamais ses patients ne se croisent ni ne se rencontrent ; là, c'était fichu à cause de la folie de ce pauvre Roger.

— Oui, encore un de ces financiers responsables de tous nos malheurs.

— Si nous revenions à vous, dit Hector.

Mais Olivia était sur sa lancée.

— Ces gens trouvent normal d'être riches, ils pensent qu'ils le méritent ! Il m'expliquait que, si on a du chômage, c'est parce que les salaires sont trop élevés. Lui, avec son costume Paul Smith et ses mocassins Berluti, il porte sur lui quelques mois de salaire minimum !

— Vous avez remarqué ça ?

— Oui, euh, enfin, j'ai bien le droit de m'intéresser à la mode, quoi.

— Je suis impressionné, mais revenons à vous.

— Le plus énervant dans l'histoire, vous savez ce que c'était ?

— Non, dit Hector, renonçant à ramener la conversation dans la bonne direction.

— De sentir qu'il me considérait comme une idiote. Que j'étais bien gentille, mais que je ne comprenais rien au fonctionnement du monde tel qu'il était. J'ai toujours remarqué ça quand on discute avec ces gens-là, je parle de ceux qui sont encore capables de discuter, vous le sentez bien dans leur regard : pour eux, vous ne comprenez rien !

Hector voyait très bien ce qu'Olivia voulait dire. Il avait parfois éprouvé ce genre de sensation quand il parlait avec des amis plus à droite que lui. C'était intéressant, mais il n'était pas là pour avoir une conversation intéressante, plutôt pour aider Olivia à changer sa vie ou bien son regard sur sa vie.

Hector calme Tristan

— Eh bien, docteur, vous avez de sacrées gauchistes parmi vos clientes !

Tristan parlait bien sûr d'Olivia.

— Elle n'a pas compris que le seul moyen de diminuer le chômage, c'est l'investissement privé. Il faut que mes clients soient encouragés à investir, et non pas surtaxés. Sinon, ils iront investir ailleurs. Je crois qu'elle n'a pas accepté que le système capitaliste ait gagné !

— Comme la moitié des Français, remarqua Hector.

— Ah oui, c'est bien vrai !

— Et si nous revenions à vous ?

— Vous savez le plus énervant ?

— Non, dit Hector, qui comprit que Tristan avait vraiment besoin de s'épancher.

— C'est que, pendant toute la conversation, j'ai senti qu'elle me considérait comme un salaud. Elle s'estime moralement supérieure à moi. Vous comprenez ?

— Oui, dit Hector qui avait déjà eu cette impression quand il parlait à des personnes plus à gauche que lui.

— Je n'ai pas eu le temps de lui expliquer que son salaire vient de tous les impôts payés par des gens comme moi !

Hector pensa que c'était une bonne chose que Tristan n'ait pas dit cela à Olivia. Sinon, il aurait peut-être dû recourir à la seringue de calmant dans le tiroir de son bureau.

— Et si nous revenions à vous ?

— Oh, à moi, dit Tristan avec un sourire un peu désabusé. Tenez, j'ai fait votre liste de ce que j'attends de la vie.

— Je vous avais demandé ce que vous attendiez de votre travail.

— Oui, mais j'ai élargi.

Tristan ouvrit un agenda Hermès et en tira une des pages qu'il tendit à Hector.

Ce que j'attends de la vie :
— être content de moi,
— avoir l'impression que je suis le meilleur,
— ne pas m'ennuyer.

— Et en ce moment, ce n'est pas le cas ?, demanda Hector.

— Au travail, non, comme vous savez, non, mais c'est encore le cas…

Tristan hésitait.

— C'est encore le cas ?

— Quand je séduis une nouvelle fille ! En ce moment, j'ai un rythme assez infernal !, ajouta-t-il avec un sourire montrant sa parfaite denture. Je sors tous les soirs et…

Hector n'avait pas forcément envie d'en entendre davantage sur les soirées de Tristan.

— Et ça vous satisfait ?

Tristan le regarda, comme sorti d'un rêve.

— Si ça me satisfait ? Sur le moment, oui, avec un peu de bon champagne dans le nez, mais je me rends bien compte que c'est une sorte de compensation. Je ne suis plus heureux au travail ; alors, je me rattrape dans une autre compétition. Je compense...

Tristan avait mis au jour son mécanisme de défense : la compensation !

— ... mais c'est assez nul, je le sais, je ne me sens pas bien au réveil, surtout quand elles restent. Il y en a de vraiment charmantes, en plus, j'ai l'impression de gaspiller. Donc, non, ça ne me satisfait pas. C'est un peu devenu comme une addiction.

— Sexuelle ?

— Non. Je ne crois pas...

Hector avait idée que l'addiction de Tristan n'était pas sexuelle, mais d'une autre nature. Il se souvenait qu'il avait fait une dépression à la suite d'une rupture, quand une petite amie avait cessé de l'admirer. Il passa dix minutes à le questionner, et finalement Tristan trouva :

— Je crois que mon addiction, c'est... l'admiration. Quand je commence à baratiner une fille et que je sens sa surprise, son admiration, que je vois son trouble dans son regard, ça, c'est le pied !

Le besoin d'être admiré de Tristan était à la fois une force et une faiblesse. Hector se dit qu'il prendrait du temps à se modifier. Et le temps que son estime de lui-même ne dépende plus du regard des autres, comment nourrir ce besoin de manière plus positive que par le donjuanisme ? Fallait-il envisager un changement de vie ?

Brusquement, Hector se sentit terriblement fatigué.

Hector s'organise

Hector avait toujours cru que se confier à une oreille bienveillante comme celle du Vieux François pouvait être bien utile, et c'est d'ailleurs ce rôle de confident qu'il s'était choisi pour métier. D'un autre côté, lui-même avait un peu été élevé selon le principe « souffre et meurs sans parler », qu'il avait appris à l'école dans la fin d'un poème sur la mort d'un loup. Il pouvait encore le réciter par cœur :

Gémir, pleurer, prier, est également lâche.
Fais énergiquement ta longue et lourde tâche
Dans la voie où le sort a voulu t'appeler,
Puis après, comme moi, souffre et meurs sans parler.

Ce loup était vraiment un champion de la suppression et de l'acceptation, deux autres mécanismes de défense.

En classe d'anglais, lui et ses petits camarades avaient appris un autre poème écrit cette fois par un grand écrivain anglais colonialiste pour son fils : « Tu seras un homme mon fils. » Il se rappelait aussi celui-là avec plaisir :

Si tu peux voir détruit l'ouvrage de ta vie
Et sans dire un seul mot te mettre à rebâtir,
Ou perdre en un seul coup le gain de cent parties
Sans un geste et sans un soupir.

— Qu'est-ce que tu dis ?, demanda Clara en entrant dans la cuisine.

— Euh, de vieux souvenirs.

— Et voilà qu'en plus, je vais te laisser tout seul, dit Clara.

— Seul ?

Clara lui annonçait-elle qu'elle allait le quitter ?

— Enfin, tu n'as pas écouté ?

— Euh…

— Je t'ai dit que ma boîte m'envoie pour quinze jours à New York !

— Ah oui ! C'est vrai. Tu es contente ?

— J'étais contente, mais maintenant, je me demande… Ils disent quinze jours, mais ça pourrait être plus, selon l'avancée du projet.

Hector la rassura : il était à moitié en vacances, il avait moins de rendez-vous, il se sentait mieux. Clara pouvait partir sans s'inquiéter et même rester là-bas plus de quinze jours si c'était utile.

Il vit bien qu'elle restait soucieuse, cependant. Et il s'en voulut de l'avoir inquiétée ces derniers mois.

Il allait sûrement trouver une solution à sa demi-crise du milieu de vie.

Hector, écrivain de Montparnasse

Le lendemain, Hector attendait Ophélie dans un café près de Port-Royal.

Il avait passé le début de matinée à l'hôpital Tarnier non loin de là, à voir avec l'assistante sociale de Roger s'il n'y avait pas une solution pour qu'il puisse rester à Paris, mais ils n'en avaient trouvé aucune.

Comme ces temps-ci il cherchait à passer le moins de temps possible à son bureau, il s'était dit qu'il valait mieux donner rendez-vous à Ophélie dans un café tranquille. Il se sentirait moins enfermé et lui répondrait plus facilement.

Le café se trouvait juste en face de La Closerie de Lilas, une célèbre brasserie où beaucoup d'écrivains et d'artistes de la première moitié du siècle dernier, comme Picasso ou Hemingway, venaient discuter en vidant des demis de bière, quand Paris était réputé pour sa vie pas chère, ses petites femmes faciles et son bouillonnement culturel.

C'était une autre époque.

À cette heure de la matinée, Hector préférait éviter La Closerie et s'asseoir au Bullier, de l'autre côté du boulevard du Montparnasse, d'où on apercevait au loin, entre un bel alignement d'arbres, le palais Médicis, bâti par une reine de France d'origine italienne. Il abritait désormais les sénateurs de la République française, république qui avait construit un peu partout ces immeubles fonctionnalistes que n'appréciait guère le Vieux François, comme la grande barre de la résidence universitaire toute proche. Par miséricorde peut-être, on l'avait récemment rénovée en l'habillant de couleurs pâles, moins offensantes pour l'œil.

En attendant Ophélie – il était arrivé en avance pour avoir un petit moment tranquille, il se disait que c'était bon pour son *burn-out* –, Hector ouvrit son petit carnet et sortit son crayon.

Clara avait été enchantée par l'idée qui lui était venue d'écrire un livre sur la crise du milieu de vie.

Il continua son étude du cas de H.

Bon, et pourquoi pas penser à des mécanismes de défenses plus adultes ?

Il écrivit :

Altruisme : H. arrête sa pratique privée à Paris. Il devient médecin dans un dispensaire en grande banlieue ou en Afrique.

Suppression : H. arrête de penser à tout ça, ça ne sert à rien, il connaît son problème. Il se remet à pédaler comme avant, sans un geste et sans un soupir.

Acceptation : H. admet qu'il traverse une crise, puis accepte sa vie telle qu'elle est, en se disant qu'il a déjà bien de la chance.

Puis il revint à une question à laquelle il avait un peu réfléchi :

Question : quelle est la différence entre les crises qui arrivent à différents moments de la vie et la « crise du milieu de vie » ?

Réponse évidente : dans cette dernière, vous vous mettez à penser en plus au temps qui vous reste.

Hector commença à écrire : « Chers clients, le magasin va bientôt fermer », quand il entendit une voix jeune lui glisser :

— Mon grand-père m'avait dit que vous n'arrêtiez jamais de réfléchir.

Hector leva la tête et, à la vue d'Ophélie qui le regardait en souriant, il sentit son cœur s'accélérer. Quel idiot je fais, se dit-il aussitôt, mais il est vrai que voilà des années qu'il n'avait pas attendu une jeune fille dans un café et son corps, ce grand imbécile, oubliait justement que du temps s'était écoulé et que son propriétaire était marié à Clara, qu'il aimait.

Hector espéra que son sursaut d'émotion était passé inaperçu d'Ophélie. Heureusement, elle s'était penchée sur un mignon petit cartable rouge, dont elle tira un cahier d'écolier, un crayon, pour se préparer à prendre des notes.

Elle commença :

— Qu'est-ce qui vous a décidé à vous spécialiser en psychiatrie ?

— C'est une vocation tardive, dit Hector. Au cours de mes stages d'internat en médecine, je me suis aperçu que c'était la vision du monde des patients, leur personnalité qui m'intéressaient le plus…

Hector avait déjà répondu à des interviews. Ça allait tout seul, il connaissait déjà les réponses, et il se réjouissait de voir son dialogue avec Ophélie prendre un tour si professionnel.

— Pourquoi, à votre avis, de plus en plus de personnes consultent-elles des psychiatres et des psychologues ?

— Il y a plusieurs réponses…

Ophélie avait bien préparé ses questions, qui forçaient Hector à se concentrer. Il continua à lui répondre pendant près d'une heure.

— Merci, c'était super. Je crois que j'ai beaucoup de matériel pour mon article.

— Si vous écrivez sur la psychiatrie d'aujourd'hui, il vous faudrait aussi visiter un hôpital psychiatrique ou un dispensaire.

— Vous en connaissez ?

— Bien sûr. Je pourrais vous recommander à des collègues, dit Hector en payant les cafés à un jeune serveur qui ne pouvait s'empêcher de loucher sur Ophélie.

Le sujet de leur rencontre avait maintenant été traité, la monnaie rendue. Il n'avait pas de raison de rester plus longtemps avec Ophélie, mais Hector se sentait un peu paresseux pour donner le signal du départ. Quel idiot, pensa-t-il à nouveau.

— Je voulais vous demander quelque chose, dit Ophélie, son regard plongé dans celui d'Hector.

— Oui ?

— Mon grand-père m'a dit qu'un jour, vous aviez rencontré un savant qui avait mis au point une molécule qui pouvait rendre les gens amoureux l'un de l'autre.

— Euh, dit Hector, oui, c'est vrai. Ça remonte à pas mal d'années.

Un peu plus de vingt ans, calcula-t-il sans sa tête. Juste après, Clara et lui s'étaient mariés. Sans absorber ladite substance, ils n'en avaient pas eu besoin.

— Cette molécule, elle existait vraiment ?

Hector se souvenait de toutes les forces obscures qui s'étaient à l'époque lancées à la recherche de l'inventeur de la molécule, le professeur Cormoran, et il n'avait pas du tout envie qu'Ophélie, une future journaliste, réveille cette vieille affaire secrète et bien enfouie.

— Ça ne marchait pas vraiment, dit-il pour couper. On en avait donné à un couple de pandas, et ça a mal tourné.

— Comment, « mal tourné » ?

Ophélie avait les yeux brillants d'intérêt.

— Le mâle a dévoré sa femelle !

— Oh, c'est affreux, dit-elle en plaçant sa jolie main devant sa bouche.

— Comme les pandas sont supposés ne se nourrir que de pousses de bambou, ça l'avait vraiment rendu fou.

— Heureusement que personne d'autre n'en a pris !

Hector savait que ce n'était pas vrai et que la version finale de ce moderne philtre d'amour marchait probablement, mais il n'en dit rien à Ophélie. Elle semblait toujours passionnée.

— Quand même, si la recherche avait continué, ça aurait été une vraie révolution. Être sûr de tomber amoureux de la personne de son choix et le rester !

— Vous trouvez vraiment que ça aurait été une bonne découverte ?

Hector se souvenait qu'il avait fait disparaître tous les travaux du professeur au fond d'un torrent.

— Peut-être, dit Ophélie. L'amour peut tellement faire souffrir parfois...

Hector se demanda qui pouvait être l'infâme qui faisait souffrir Ophélie, quand le téléphone de la jeune fille vibra sur la table. Elle le regarda, vit le numéro, mais ne répondit pas. À son air un peu triste mais tout à fait calme, il eut l'intuition que ce n'était pas elle qui souffrait, mais celui qui venait de l'appeler.

Les tourments de l'amour, voilà qui lui paraissait un souvenir bien ancien, presque aussi vieux que le palais Médicis au loin.

Bon, il était plus que temps de lever le camp et d'arrêter de réfléchir aux sentiments d'Ophélie.

— Je dois y aller, dit Hector, je dois passer à la fac de médecine de la rue des Saints-Pères.

— Vous allez traverser le Luxembourg, alors ?

— Oui.

— Très bien, c'est mon chemin aussi !

Hector fait attention

Hector et Ophélie passèrent d'abord près de la statue de Francis Garnier, le buste d'un bel homme qui surplombait les silhouettes en bronze de trois jeunes femmes nues, visiblement éperdues d'admiration envers ce fier colonisateur. En les observant avec plus d'attention – ce qu'avait déjà fait Hector –, on pouvait distinguer que ce trio se composait d'une Africaine, d'une Asiatique et d'une Européenne, toutes superbement bien faites. Se souvenant de la réflexion d'Ophélie sur les jolies déesses à moitié nues, Hector s'abstint de tout commentaire.

Quelques mètres plus loin, cependant, se dressait une grande fontaine monumentale ornée sur ses bords d'une douzaine de chevaux de bronze grandeur nature. Au centre, quatre jeunes femmes élancées – nues, bien sûr – les surplombaient, soutenant de leurs bras minces un globe terrestre, symbole du magnifique empire français qui étendait sur le monde sa lumière civilisatrice. L'artiste avait ajouté au trio ethnique traditionnel une Amérindienne, reconnaissable à sa coiffure de plumes.

— La gloire de la colonisation mise en valeur par des jeunes femmes nues, c'est le comble du politiquement correct, dit Ophélie dans un éclat de rire.

— C'était le politiquement correct de l'époque.

— Je me demande ce qui aujourd'hui ne paraîtra pas du tout politiquement correct dans un siècle ?

Hector s'émerveilla une fois de plus qu'une jeune fille puisse avoir autant de conscience du temps qui passe. En même temps, cela lui rappela soudain l'une des premières conversations qu'il avait tenues avec Clara. Il en eut la parole coupée pour la partie suivante de la promenade, quand ils entrèrent dans le jardin du Luxembourg.

Ils arrivèrent vers le palais, près du grand bassin octogonal, à la surface duquel des enfants lançaient de petits bateaux à voile qu'on pouvait louer à l'heure, comme Hector l'avait fait quelques décennies auparavant. Les petits voiliers en bois verni quittaient le bord de pierre, filaient selon les caprices du vent, croisaient des canards en train de barboter et, parfois, ils s'arrêtaient au milieu du bassin, au grand désespoir de leur petit capitaine. Le pire arrivait quand un bateau s'immobilisait sous le jet d'eau central. Sa voile s'inclinait alors dangereusement sous l'eau qui retombait sur elle en cataracte. Heureusement, il arrivait toujours un petit souffle de vent qui ramenait le bateau vers l'un des bords du bassin, où l'enfant, en larmes mais désormais soulagé, venait le retrouver.

C'était une assez bonne métaphore d'une vie heureuse, pensait Hector : on partait plein d'espoir, puis arrivaient des imprévus et des épreuves qu'on ne pouvait éviter, mais heureusement un petit souffle de chance ramenait ensuite à bon port, à condition de ne pas se laisser couler en cours de route. Il se dit que, pour certains de ses patients, son rôle consistait à les empêcher de couler en attendant que la chance revienne.

Il fit part de cette réflexion à Ophélie.

— C'est amusant, mon grand-père m'a dit quelque chose du même genre, mais vous croyez que la chance revient toujours ?

— La plupart du temps.

Il savait que non, mais pourquoi donner cette idée triste à Ophélie ? Il ne voulait pas briser son optimisme, les optimistes avaient raison de l'être, ils avaient des vies plus heureuses que la moyenne, pas mal d'études l'avaient prouvé.

— Moi, pour l'instant, j'ai vraiment l'impression que je ne me suis pas encore éloignée beaucoup du bord du bassin, remarqua Ophélie.

— Peut-être plus que vous ne le pensez, répondit Hector presque machinalement, une habitude qu'il avait de répliquer gentiment quand les gens prononçaient sur eux une phrase un peu dévalorisante.

Ophélie garda le silence une seconde, puis demanda sans le regarder :

— Ah, vous croyez ?

Hector sentit comme un trouble dans sa voix et Ophélie lui jeta un bref regard. Il vit qu'elle avait rosi.

Bon sang, se dit Hector, fais donc attention !

Quand il rencontrait des femmes beaucoup plus jeunes que lui, il estimait que, de toute façon, à son âge, elles le voyaient juste comme un prévieillard inoffensif, marié en plus, et qu'il ne courait donc aucun risque, à part celui d'éprouver une bouffée de tentation, mais certainement jamais d'y succomber, vu que ladite tentation resterait bien sûr unilatérale.

Or il s'était aperçu que ce n'était pas toujours vrai, en particulier pour les jeunes femmes qui avaient eu des pères absents ou disparus… Sur celles-là, il lui semblait parfois exercer une attraction particulière. Alors, il prenait bien garde de rester distant et d'éviter ce partage d'humour et d'intimité qui parfois rend certaines femmes amoureuses sans qu'elles s'en doutent.

Il se souvint subitement qu'il savait par le Vieux François qu'Ophélie avait perdu son père – le gendre du Vieux François – quand elle avait une dizaine d'années… dans un accident de bateau !

Alors, pour éviter qu'un silence gênant s'installe, il se mit à raconter comment, petit garçon, il s'était un jour d'hiver jeté dans l'eau glacée du bassin pour aller récupérer lui-même son bateau au milieu des canards effrayés, et cette histoire fit bien rire Ophélie.

Hector s'explique

Hector se trouvait sur le sofa de son salon en train de lire le journal en buvant de l'eau minérale. Il essayait de se concentrer sur ce qu'il lisait, et ce n'étaient pas des bonnes nouvelles – un économiste disait qu'il allait falloir choisir entre un chômage élevé ou des travailleurs très mal payés –, mais il entendait Clara tourner autour de lui, sans rien dire. D'habitude, elle le laissait tranquille à ce moment de la journée, mais pas ce soir.

Peut-être considérait-elle que, comme il voyait moins de patients chaque jour, il ne méritait plus sa petite période de décompression. Ou peut-être était-elle tracassée par un sujet dont elle voulait lui parler.

Alors, Hector utilisa la phrase magique que beaucoup de couples oublient de prononcer de temps en temps et qui montre qu'on s'intéresse encore à l'autre :

— Chérie, tout va bien ? J'ai l'impression que quelque chose te tracasse ?

Clara le regarda d'un air surpris, puis détourna les yeux et dit que non, tout allait bien.

Or Hector, même dans ses pires moments d'inattention, n'aurait pas cru à cette réponse, surtout prononcée sur ce ton.

— Ah bon ? Pourtant, j'ai vraiment l'impression que tu as un souci.

Alors, Clara s'assit dans le fauteuil en face de lui, le regarda bien en face et dit que oui, elle avait un souci.

Hector remarqua qu'elle avait les larmes aux yeux.

— Raconte-moi, alors.

Clara se tut à nouveau, comme si elle hésitait encore à dire ce qu'elle avait sur le cœur. Et puis finalement :

— Cet après-midi, j'ai pris le bus…

Une seconde, Hector pensa qu'il était arrivé un événement dans ce bus, que Clara avait été témoin d'une agression ou pire s'était fait agresser. Son cœur s'accéléra, ce qui prouvait que le cœur d'Hector n'était pas juste sensible à l'arrivée soudaine d'une belle jeune fille.

Clara continuait :

— … je voulais aller m'acheter des collants au Bon Marché, j'ai pris le 89…

Jusque-là, tout paraissait normal, Le Bon Marché, en plus de ses trésors variés, était réputé pour avoir un choix presque infini de collants et de chaussettes.

— … et quand j'étais dans le bus, je t'ai vu.

Hector mit une seconde à comprendre. Le 89 passait rue de Vaugirard. Effectivement, il avait marché dans cette rue en sortant du Luxembourg, avec…

— Tu marchais en compagnie d'une jeune fille.

Clara gardait les yeux fixés sur Hector.

— Oui, bien sûr, c'est Ophélie, la petite-fille du Vieux François. Je lui avais donné rendez-vous.

— Tu lui avais donné rendez-vous ?

Les yeux de Clara jetaient des éclairs.

Hector déroula toute son explication, la vérité, rien que la vérité, toute la vérité : leur discussion au café Bullier, et ensuite quand il avait voulu marcher jusqu'au quai Malaquais, c'était aussi le chemin d'Ophélie.

Dans ses yeux, il vit que Clara croyait à ses explications, mais son visage semblait toujours aussi malheureux.

— Donc, tu vois, je t'en prie, vraiment pas de quoi t'inquiéter.

Hector était surpris, car Clara n'était pas spécialement jalouse et ne s'était jamais montrée à lui aussi émue à propos d'une autre femme.

Clara ne répondit pas.

— Tu comprends, chérie ? Plus de soucis ?

Elle le regarda à nouveau, et ses larmes cette fois avaient commencé à couler.

— Vous… vous marchiez ensemble…

— Bien sûr, je te l'ai dit, c'était son chemin aussi.

Clara se leva soudain :

— Vous… vous aviez l'air si… heureux !

Hector était interloqué. « Heureux » ? De quoi parlaient-ils à ce moment-là avec Ophélie ?

— Ça fait des mois que je te vois l'air malheureux…

Mais non, voyons, il ne se sentait pas si malheureux.

— … et là, tu avais l'air si heureux !, lança Clara à nouveau à travers ses larmes. Si heureux !

Et elle s'enfuit dans la chambre.

Hector enquête

Deux jours plus tard, Clara était partie pour New York.

Vous imaginez la scène : Clara serrant Hector dans ses bras une dernière fois à l'aéroport, retenant mal ses larmes ; Hector lui disant qu'il allait faire bien attention à lui, qu'elle ne s'inquiète pas ; et aucun des deux, bien sûr, n'osant évoquer le sujet d'Ophélie, Clara pour ne pas montrer qu'elle aurait mis en doute la parole d'Hector, Hector par crainte de montrer que le sujet n'était pas anodin.

— Et comment ça va avec Denise, au fait ?

Après la crise survenue avec Clara, Hector éprouvait une soudaine curiosité pour les couples de ses amis. Il avait décidé de prendre un café avec son ami Robert.

— Bof, dit ce dernier, on tient le coup.

Robert se tourna vers le serveur et demanda un verre de blanc, qui lui fut immédiatement apporté par un vieux serveur à tête de forçat, qui boitait.

Il était 10 heures du matin.

Hector trouvait que « on tient le coup » n'était pas exactement l'expression de la félicité conjugale, mais il n'osait pas questionner Robert plus avant.

Ils étaient assis dans un café situé juste en face de l'entrée de l'hôpital de la Salpêtrière, où Robert avait son service de cancérologie. Hector avait fait dans sa jeunesse des stages d'internat dans l'un des bâtiments de ce grand hôpital, précisément dans le service de psychiatrie de Charcot, qui avait beaucoup influencé le jeune Sigmund Freud, venu assister à ses cours et à ses présentations de malades, au temps où Paris était encore le centre du monde, pensa Hector.

La verrière du café les protégeait de l'hiver qui tardait à laisser place au printemps. Ils avaient une belle vue sur la coupole de la chapelle, magnifique construction due à l'architecte du divin château de Vaux-le-Vicomte, dans le parc duquel les parents d'Hector l'emmenaient en promenade quand il était un petit garçon et étaient eux-mêmes beaucoup plus jeunes que lui aujourd'hui. La chapelle méritait une visite, mais les touristes n'y venaient pas, car même si la Salpêtrière était une suite de cours et de bâtiments magnifiquement disposés dans le goût du Grand Siècle, un hôpital restait un hôpital et faisait un peu peur.

— J'ai une maîtresse, lança Robert.

Hector n'était pas certain de vouloir en savoir davantage, mais Robert ressentait le besoin de se confier.

— C'est idiot, dit Robert, c'est tellement classique. La jeune femme admirative du grand patron. Je n'ai pas su résister, j'ai essayé pourtant…

— Et maintenant ?

— J'aime Denise, je ne voudrais pas lui faire du mal, je ne veux pas qu'on se quitte… même si elle me tape sur les nerfs de temps en temps.

— Et l'autre ?

— Elle me dit qu'elle accepte la situation, qu'elle n'espère rien, qu'elle est jeune, qu'elle est heureuse comme ça.

— Et tu la crois ?

— Je pense qu'elle essaie de se convaincre, mais bien sûr, elle ne va pas tenir comme ça longtemps, même si elle ne s'en rend pas compte. Un peu comme mes patients qui refusent de voir qu'ils ont un cancer qui s'aggrave.

— Ça s'appelle du déni.

— Ah oui ? Eh bien, ça dit bien ce que ça veut dire. C'est une maladie ?

— Non, un moyen de se protéger en refusant de regarder une réalité trop inconfortable.

— Justement, l'autre soir au dîner, tu as dit…

— Non, au dîner, je ne parlais pas de déni, mais de suppression, c'est différent.

— Explique.

— Le déni, c'est quand tu ne vois pas ce qui te dérange, tu n'en as pas conscience.

— Oui, je vois. Comme mes patients dont la maladie s'aggrave malgré le traitement, mais qui font des plans pour leurs prochaines vacances.

— Voilà ! La suppression, c'est différent. Tu connais bien la réalité, mais comme tu n'y peux rien, tu évites simplement d'y penser. C'est ce que nous faisions l'autre soir au dîner.

Robert finit son verre de blanc.

— Je crois que j'aimerais bien pratiquer plus le déni.

— Pourquoi ?

— Pour ne pas voir… pour ne pas voir que je bois trop, par exemple.

— Tant mieux si tu le sais. Comme ça, tu vas essayer de te contrôler !

— Ton collègue m'en avait parlé d'ailleurs.

— Le Vieux François ?

— Oui, je ne sais pas comment il l'avait remarqué. À ce dîner peut-être, ou un matin ici, il a dû sentir que j'avais bu un verre – je ne bois jamais plus d'un verre le matin.

— Tu l'as vu le matin ? Ici ?

— Non, pas ici ! Dans mon service, il vient encore faire quelques consultations pour des patients vraiment déprimés. Il m'a juste dit : « Robert, vous devriez faire attention à ne pas trop boire, ça détruit même les meilleurs ! » Il m'a même conseillé de t'en parler. Voilà, c'est fait !

En dix minutes, Robert s'était confié sur son infidélité, sur son alcoolisme. Hector en était surpris, car il avait toujours été du genre à garder le sourire, à écouter sans trop rien révéler de lui, à faire des plaisanteries pour détendre l'atmosphère.

— Aurais-tu par hasard envie de changer de vie ?, demanda Hector.

— D'une certaine manière, oui. J'ai trop de responsabilités avec ce gros service à gérer. Je passe trop de temps en réunions avec l'administration, à me battre pour des budgets ou à faire des rapports d'activité. J'aimerais redevenir interne, ne m'occuper que de médecine et de mes patients.

— Donc, ce ne sont pas tes patients qui t'épuisent ?

— Disons qu'ils me fatiguent raisonnablement, mais que c'est le reste qui fait déborder le vase !

— Et si tu démissionnais de ton poste de chef de service ? Tu garderais juste une fonction de médecin praticien.

Robert sourit tristement.

— J'y ai pensé. Malheureusement, être le patron, j'aime ça aussi. Et sans doute le regard des jeunes femmes admiratives… Le problème en vieillissant, c'est qu'on est de plus en plus attaché à des questions de grade et de statut… parce que tout le reste fout le camp !, dit Robert en riant.

— On appelle ça la compensation, dit Hector. Se renforcer dans un domaine pour compenser l'affaiblissement du reste. C'est un autre mécanisme de défense.

— Ah oui ? Et quand tu as bien conscience de pourquoi tu compenses, ça marche quand même ?

— Sans doute moins.

Effectivement, Robert n'était pas un champion du déni. Il souffrait plutôt d'un excès de lucidité, ce qui pouvait expliquer son besoin d'anesthésiques, comme ce verre de vin blanc qu'il venait de finir.

Hector se promit d'écrire ça dans son livre sur le changement de vie :

N'abusez pas de la lucidité. Un peu de déni aide à vivre. Ou encore mieux si vous en êtes capable, un peu de suppression.

Robert se retourna pour adresser un autre signe au serveur.

— Tu avais dit : « Pas plus d'un verre le matin », observa Hector.

— Ah oui, tu as raison…

Et Robert annula sa commande. À regret, visiblement.

Hector encore en thérapie française

— Avez-vous essayé la tête de veau ravigote ?

— Pas depuis longtemps, dit Hector.

— Je vous la recommande, dit le Vieux François, bien que l'apparence soit un peu barbare, toute cette cervelle en tranches…

Ils étaient assis sur une banquette en velours rouge dans un restaurant du quartier des théâtres, rive droite cette fois, où le Vieux François lui avait proposé de se retrouver assez tard pour dîner.

— Vous imaginez l'époque où ce quartier était le centre de la vie nocturne de Paris ! Les théâtres !

— Je ne vais jamais au théâtre, dit Hector.

— Ah, cher ami, là, vous manquez quelque chose. Après la guerre, j'y allais tous les soirs, ou presque. Parfois, dans la salle, vous sentiez une magie…

Hector savait que cette magie du théâtre existait, mais, après une journée de consultation, se retrouver assis au milieu d'une foule dans un fauteuil trop petit lui paraissait une épreuve. Sans doute manquait-il quelque chose, mais c'était bien le signe qu'il n'était plus jeune : il acceptait de pouvoir manquer pas mal de choses dans le reste de sa vie.

— Bon, et comment allez-vous depuis notre dernière rencontre ?

— Je me sens moins irritable depuis que je vois moins de patients, mais j'ai quand même l'impression d'être un peu au bout du rouleau. J'ai toujours du mal à me concentrer sur leur cas…

Le Vieux François hocha la tête.

— Peut-être pratiquez-vous un style de thérapie trop exigeant ?

Hector réfléchit. Le Vieux François avait sans doute raison. Hector avait été formé à des thérapies assez méthodiques, où l'idéal était de poser une succession de bonnes questions pour amener les patients à modifier peu à peu leur manière de voir et aussi leurs comportements, un peu à la manière de Socrate. C'était méthodique, mais c'était fatigant pour le thérapeute : il fallait rester assez concentré et ça donnait souvent aussi l'impression de rater la bonne question.

— Peut-être est-il temps pour vous d'enrichir votre palette. Une formation en thérapie existentielle ? Animer des groupes ? Un stage de psychothérapie interpersonnelle ? C'est assez proche de ce que vous faites, d'ailleurs, dit le Vieux François en consultant la carte, comme s'il y lisait le nom de toutes les thérapies qu'il citait.

— Je ne sais pas si…

— Comportementale dialectique ? Hypnose ericksonienne ?

C'étaient d'assez bonnes idées, mais ça n'inspirait pas Hector.

— Je pourrais aussi arrêter de faire de la thérapie et me contenter de la partie médicale. Prescrire des médicaments, donner quelques conseils…

Nombre de ses confrères avaient viré comme ça : écoute, soutien et médicaments. Ça leur permettait d'augmenter leurs revenus, car les séances duraient moins longtemps et ils pouvaient voir plus de patients par jour et de manière plus espacée que dans le cadre d'une thérapie. La partie fatigante du travail, la psychothérapie, était laissée à d'autres, qui n'étaient pas encore trop lessivés par la relation d'aide et étaient souvent plus jeunes.

— Bien sûr, dit le Vieux François en levant les yeux de la carte, mais je me demande si ça vous conviendrait.

Hector s'aperçut soudain que le Vieux François lisait sans lunettes, alors que lui-même en aurait eu besoin ! De nouveau, il eut l'étrange impression que son ami avait rajeuni, même dans l'éclairage assez intime du Petit Riche. La décoration n'avait pas changé depuis la Belle Époque, tout comme la tenue des serveurs. Le Vieux François lui avait expliqué que ce restaurant était justement riche pour lui de nombreux souvenirs de soupers après le théâtre et qu'il aimait le côté intime et chaleureux de cette enfilade de petits salons éclairés par des lampes Art nouveau.

— Ici, j'ai l'impression que le temps s'est arrêté.

Hector trouvait au contraire que pour le Vieux François, le temps ne s'était pas arrêté, mais qu'il avait même commencé à revenir en arrière. Ce soir, on aurait dit qu'il approchait à reculons de la soixantaine, alors qu'il avait plus de vingt ans de plus ! C'était tellement étonnant qu'Hector n'osait lui poser aucune question à cet égard, car il avait presque peur de la réponse.

— Évidemment, je ne vous surprendrai pas en vous disant que votre fatigue vient sans doute du type de relation que vous établissez avec vos patients. Ce qui fait d'ailleurs que vous avez tant de succès.

— Sans doute, dit Hector, mais ça vient de moi, à la fois de ma personnalité et de ma formation. Ça va être difficile de changer tout ça.

Le Vieux François sourit, et Hector sentait qu'il avait une idée derrière la tête.

Le serveur, un jeune moustachu qui aurait pu être un héros de Maupassant, apporta leurs entrées : une salade de lentilles vertes avec des lardons pour le Vieux François – les lentilles étaient-elles le secret du rajeunissement ? Hector se souvenait que son ami en avait demandé avec son pot-au-feu au Lutetia. Lui avait choisi des escargots de Bourgogne : il voulait savoir s'il aimait toujours ce plat qu'il avait mangé pour la dernière fois quand il était étudiant en médecine. De plus, comme il était célibataire ce soir, il ne craignait pas de sentir l'ail jusqu'à l'heure du petit déjeuner.

— En fait, dit Hector, je crois qu'avec l'âge, je deviens plus impatient. Dans notre discipline, les changements sont lents, comme vous le savez. Aujourd'hui, je vois moins de malades graves qu'autrefois, ils sont répartis entre beaucoup plus de psychiatres. Avec eux, c'était stressant, mais jamais ennuyeux, dit-il en pensant à Roger.

— Et si vous retourniez à l'hôpital ? Un travail d'équipe, des patients en détresse.

Hector y avait déjà réfléchi. D'abord, il aurait fallu accepter de gagner moitié moins qu'aujourd'hui. Ensuite, comme il était sorti du système hospitalier depuis longtemps, il n'avait aucune chance d'obtenir un poste à Paris, au mieux dans une lointaine banlieue.

— Et moi, c'est Paris que j'aime, dit-il en réalisant qu'il utilisait les mêmes mots que Roger.

Le Vieux François fit une petite moue qui voulait dire qu'évidemment, ça ne souffrait aucune discussion.

Le serveur avait débarrassé et apporté ce qu'ils avaient commandé ensuite : les têtes de veau. Le Vieux François commença à se servir avec un appétit visible, répartissant dans son assiette des tranches de langue, de cervelle, de cartilages et de muscles avec des pommes vapeur encore fumantes, les différents morceaux ne permettant heureusement pas de visualiser la tête du veau initial.

— Chaque fois que je choisis ce plat, j'ai un petit moment de recul, dit le Vieux François, vous avez déjà vu un petit veau ?

— Oui, dit Hector en se demandant si c'était une bonne idée d'en parler.

— Mais c'est tellement bon, je ne peux pas résister, je fais fi de mes scrupules moraux, que voulez-vous, pour un instant au moins.

Ils mangèrent en silence pendant quelques minutes. La tête de veau ne devait pas refroidir pour que la sauce gribiche s'y allie parfaitement.

— Remarquez, dit le Vieux François, je suis sûr que dans quelques générations, on trouvera aussi barbare de manger des mammifères que l'est pour nous aujourd'hui l'esclavage, alors que nos ancêtres le considéraient comme parfaitement naturel.

— Et les poissons ?

— Ça prendra quelques générations de plus, à mon avis… Ensuite, il nous restera encore les huîtres et les coquillages !

Le Vieux François parlait de cette époque lointaine comme s'il allait en être témoin, c'était une tournure de style, mais en regardant ses mains à peine ridées, Hector se demandait s'il n'évoquait pas un secret encore bien gardé.

— Vous êtes dans une forme incroyable, dit Hector.

— Ah ? vous trouvez, dit le Vieux François.

— Plus que ça, même… On dirait que vous rajeunissez.

Le Vieux François regarda Hector comme s'il réfléchissait à ce qu'il allait dire, mais un petit tintement sorti de sa poitrine.

C'était son téléphone. Il le saisit, et son visage s'éclaira.

— Ophélie ! Mais oui, venez nous rejoindre…

Hector essaya de ne pas faire attention à l'onde de bien-être qui venait de le parcourir, mais ça ne marcha pas. Il n'était peut-être pas si doué pour le déni, finalement.

— Ils reviennent du théâtre, dit le Vieux François.

— Ils ?

— Ophélie et son fiancé. Enfin, ils ne sont pas vraiment fiancés, mais je ne sais plus comment on dit aujourd'hui, *boy friend* ? Pourquoi un anglicisme ? Petit ami ? Copain ? C'est dérisoire par rapport à l'enjeu tragique de l'amour... Amant ? C'est trop technique. Enfin, devenir le fiancé d'Ophélie, ce jeune homme n'espère que ça. Il est d'ailleurs très bien.

Hector se sentit soulagé. La présence de ce futur fiancé le rassurait sur Ophélie, elle n'avait certainement aucune attirance pour un prévieillard.

— D'ailleurs, cher ami, je voulais vous remercier de lui avoir donné de votre temps. Elle était très contente de son interview avec vous !

— C'était vraiment un plaisir.

Le Vieux François regarda Hector d'un air pensif.

— Vous lui rendriez service en lui montrant la psychiatrie de terrain, vous savez, les cas sociaux, les psychotiques chroniques, vous voyez le genre ?

— Oui, très bien.

— Ophélie une merveilleuse personne, mais parfois je me dis qu'elle a toujours vécu dans un milieu un peu trop protégé... Enfin, à part le décès de son père. Un accident de bateau. Je vous ai raconté ?

Et le Vieux François lui raconta comment, en pleine nuit, un chalutier mal manœuvré avait coulé le joli voilier sur lequel naviguaient le père d'Ophélie et ses amis. Au lieu de se sauver lui-même, il était descendu dans la cabine pour aider les autres équipiers à remonter, mais lui n'en avait pas eu le temps.

Hector repensa aux bateaux du Luxembourg et à ce qu'il avait dit à Ophélie sur la chance : elle avait appris très tôt qu'elle ne revient pas toujours, et les papas non plus.

— Enfin, elle a l'air de s'en être très bien sortie, dit le Vieux François. Et donc, vous avez une idée, cher ami, pour un peu de psychiatrie de terrain ?

Hector pensa soudain à la visite qu'il devait faire au futur psychiatre de Roger, en banlieue.

— Je pourrais l'emmener voir un dispensaire de banlieue ?

— Ah ça, ce serait parfait !, conclut le Vieux François.

En pensant à sa réaction à la nouvelle de l'arrivée d'Ophélie, Hector se demandait si cette idée était si parfaite que ça.

Hector s'inquiète

Hector se laissa resservir un verre de crozes-hermitage en espérant que le vin masquerait son haleine qui devait sentir l'ail. Il était juste en face d'Ophélie, qui s'était assise sur la banquette à côté de son grand-père, tandis que l'aspirant fiancé, un beau jeune homme à l'air sérieux, avait approché une chaise près d'Hector et accepté un verre de vin, qu'il buvait tristement.

Ophélie et lui revenaient du théâtre. Ils venaient de voir *Bérénice* de Racine, adapté de manière contemporaine. Les comédiens étaient en costume de ville et des intermèdes musicaux avaient été composés spécialement pour cette mise en scène.

— Heureusement, ils n'ont pas changé le texte, dit le jeune homme, qui s'appelait Antoine.

— Vous aimez Racine ?

Il était rare de voir un jeune homme de cette génération bien connaître les classiques, mais Hector avait compris qu'Antoine était du genre sérieux : il terminait un doctorat en génétique à l'Institut Pasteur – Hector avait à peine compris le sujet de sa thèse. Antoine était bon en tennis – « Il est classé ! », avait annoncé fièrement Ophélie. Il jouait du piano pour se détendre et, comme Robert, il lisait de la philosophie avant de s'endormir, mais lui plutôt les néoplatoniciens. Il semblait avoir eu de la chance à la fois du côté génétique et dans son éducation. Mais pour l'instant, tous ces atouts ne paraissaient guère charmer Ophélie, qui semblait si heureuse de parler à son grand-père et adressait de petits regards à Hector qui semblaient dire : « Vous, vous ne perdez rien pour attendre. »

— Ah, dit le Vieux François, j'ai vu au moins quatre *Bérénice*, la première fois à une date que je préfère ne pas vous donner !

— Quand tu étais au lycée, grand-père ?

— Oui, et puis une autre fois mémorable, juste après la guerre, expliqua-t-il en citant des comédiens dont le nom évoquait encore le visage pour Hector, mais qui étaient visiblement inconnus d'Ophélie et d'Antoine.

— En tout cas, j'ai trouvé ça très émouvant par moments, dit Ophélie, Presque magique…

— Vous voyez, cher ami, dit le Vieux François à Hector.

— Dommage que les fauteuils soient si inconfortables, dit Antoine, qui était un peu plus grand qu'Hector.

Ophélie aussi avait bu un verre de crozes-hermitage qui lui mettait le rose aux joues. Ses yeux étincelaient, elle était magnifique. Et Hector compatissait avec Antoine. Être amoureux fou, il ne savait pas s'il avait de la nostalgie pour cet état douloureux de la jeunesse. Il se souvenait des mots de Balzac : « En amour, il y en a toujours un qui souffre et l'autre qui s'ennuie. » Ophélie n'avait pas vraiment l'air de s'ennuyer, mais elle ne semblait pas aussi passionnée par Antoine que lui l'était par elle.

— Ah, dit le Vieux François, Titus annonce leur rupture à Bérénice :

Je sais tous les tourments où ce dessein me livre,
Je sens bien que sans vous je ne saurais plus vivre,
Que mon cœur de moi-même est prêt à s'éloigner,
Mais il ne s'agit plus de vivre, il faut régner.

— Bravo, grand-père, dit Ophélie, charmée par son grand-père, qui avait pendant quelques secondes pris le regard d'un tragédien.

— J'aime beaucoup ce passage, continua le Vieux François. Titus annonce à Bérénice qu'il doit renoncer à l'aimer pour rester empereur de Rome.

— Le devoir et l'amour, dit Ophélie. Je me demande si ce débat est encore d'actualité. Aujourd'hui, les gens choisissent toujours l'amour...

— Détrompe-toi, Ophélie, il nous arrive à tous des moments où nous devons faire ce choix difficile, dit le Vieux François en regardant Hector.

Hector se sentit soudain rougir. Se pouvait-il que le Vieux François... ? Il porta son verre à ses lèvres.

— Ce qui est étonnant dans cette tragédie, c'est qu'elle va contre les règles de la dramaturgie, dit Antoine.

— Il y a quand même l'unité de lieu, de temps et d'action, non ?, dit Ophélie d'un air à peine intéressé. Ce sont bien les règles de la tragédie classique, non ?

— Oui… bien sûr, tout à fait, dit Antoine dans un effort pour approuver Ophélie. (Contredis-la donc, malheureux !, pensa Hector) Mais… mais délibérément, Racine n'a mis aucun suspense. Nous savons dès le début que Titus doit quitter Bérénice, qu'il va lui annoncer, et puis il lui annonce, et ils se quittent. Aucun rebondissement, aucun imprévu. Et pourtant, nous sommes émus.

— Oui, dit le Vieux François, car c'est le jeu des émotions à l'état pur, dans une langue qui nous parle toujours.

— Finalement, c'est une pièce sur le changement de vie… refusé, dit Hector.

— Excellent, dit le Vieux François. Titus refuse un changement de vie, il ne veut pas lâcher sa carrière pour l'amour, c'est le contraire d'Édouard VIII.

— Édouard VIII ?

Pour Ophélie, ce roi du siècle dernier était moins proche que Titus, empereur de Rome.

— Oui, tu sais bien, ce roi d'Angleterre qui a abdiqué pour une roturière américaine, et divorcée en plus, quand j'étais un petit garçon !

— Elle n'était pas très fidèle non plus, ajouta Hector.

— En tout cas, leur mariage a duré, cher ami. Vous savez ce que disait Sacha Guitry ?

— Sur ce thème, il en a beaucoup dit.

— Oui. Mais tenez, que pensez-vous de ceci : « Les chaînes du mariage sont parfois si lourdes qu'il faut être trois pour les porter. »

Ophélie et le Vieux François éclatèrent de rire, suivis avec une demi-seconde de retard par Hector et Antoine.

La douce lueur des lampes Art nouveau faisait briller le vin dans les verres, Antoine regardait Ophélie, Ophélie regardait Hector, Hector regardait le Vieux François, et le Vieux François, lui, contemplait la liste des desserts sur une ardoise que le serveur venait d'apporter.

— Voilà l'instant, où contrairement à Titus, je vais oublier mon devoir !, dit-il.

C'était un bon moment de culture française tel qu'on l'imagine à l'étranger, pensa Hector, le vin, la discussion, Jean Racine et aussi l'amour. Et soudain lui revint un autre vers, réplique de Bérénice quand elle annonce à Antiochus :

Sur Titus et sur moi réglez votre conduite. Je l'aime, je le fuis.

N'aurait-il pas mieux valu fuir Ophélie ?

Non, il était trop tard, il avait promis au Vieux François d'aider sa petite-fille chérie.

Et puis, Hector se sentait sûr de lui : il savait qu'il ne succomberait pas au piège trop classique de la jeune fille admirative. Et, surtout, son amour pour Clara lui était aussi important que celui de Rome pour Titus.

Au-delà du boulevard périphérique

— Et donc, votre Roger, on ne l'a pas revu depuis, dit le collègue d'Hector.

Il portait des chaussettes dans des sandales de campeur, un pantalon d'artisan muni de nombreuses poches étrangement gonflées et cette sorte de chemise en laine grise qu'on trouve dans les catalogues de vente par correspondance, sur laquelle on voyait des traces de cendre de cigarette. Il était difficile de savoir s'il portait une barbe courte ou s'il avait juste oublié de se raser depuis quelques jours, mais ses cheveux, un peu gras, lui descendaient jusqu'aux épaules, le faisant ressembler à un vieux chanteur de folk. Du coup, son allure ne jurait pas avec celle des patients qui erraient dans les couloirs du dispensaire, à peine moins bien coiffés ou moins bien habillés que lui – même si certains avaient des coiffures afro naturelles, ce qui lui était bien sûr inaccessible. Hector avait déjà remarqué ce phénomène : certains psychiatres se mettaient à ressembler à ceux dont ils s'occupaient. Lui-même d'ailleurs se rasait soigneusement et mettait toujours une cravate pour se rendre à son cabinet des beaux quartiers.

Ophélie avait retenu un fou rire en voyant son collègue, mais elle avait réussi à garder un air sérieux pour l'écouter, à condition d'éviter le regard d'Hector, toujours pour éviter le fou rire.

— Je pense qu'ici, il pourrait s'habituer, dit le collègue. Il peut passer quand il veut.

Derrière ses lunettes en demi-lune, on notait un regard compréhensif et bienveillant, qualités nécessaires pour s'occuper de patients qui souffraient à la fois de maladies chroniques et de problèmes sociaux.

Ophélie et Hector se trouvaient au dispensaire qui devrait s'occuper de Roger quand celui-ci se serait installé dans son nouveau studio. Roger était en effet passé la semaine dernière, avait eu un entretien avec le psychiatre et puis était reparti brusquement en disant qu'il allait délivrer Jérusalem.

— Je ne sais pas s'il délirait ou s'il se payait ma tête, dit le collègue.

— Avec lui, c'est difficile de savoir, répondit Hector.

En arrivant près du dispensaire, Hector et Ophélie n'avaient pu s'empêcher de remarquer qu'ils avaient pénétré dans un quartier où le christianisme n'était plus la religion majoritaire. Hector s'était dit que ça ne devait pas avoir un bon effet sur le délire de Roger. Dans le passé, il s'était cru en charge de libérer les Lieux saints des chrétiens.

— Ce qui m'ennuie, dit-il, c'est que je crois bien qu'il a arrêté son traitement, même si j'ai quand même réussi à lui en fait avaler un peu la dernière fois où je l'ai vu.

Le psychiatre hocha la tête. Hector et lui savaient tous les deux ce qu'un arrêt de traitement entraînerait pour un patient comme Roger.

— Il est allé visiter son studio ?

— Oui, avec notre assistante sociale.

— On pourrait la voir ?

— Bien sûr.

L'assistante sociale, Eulalie, venait de ces îles que Louis XIV avait peuplées d'esclaves avec un parfait naturel, mais qui étaient ensuite restées partie intégrante de la République française. Son sourire rappela à Hector un voyage qu'il avait fait dans une île voisine, mais indépendante, où il avait risqué de perdre sa vie. Il avait aussi rencontré là-bas une femme qui ne prenait pas l'amour au tragique et qui ressemblait un peu à l'assistante sociale d'aujourd'hui.

— Honnêtement, dit-elle, je ne sais pas s'il pourra s'habituer. Quitter Paris pour se retrouver ici…

— Et comment était-il avec vous ?

— Oh, pas de problème, nous avons eu une petite conversation anodine. Mais quand je lui ai montré le studio, il s'est écrié : « L'Éternel a donné et l'Éternel a ôté ; que le nom de l'Éternel soit béni ! »

— Ça me rappelle quelque chose, dit Hector.

— Le Livre de Job, dit l'assistante sociale en souriant.

Et Hector se souvint que, dans ces îles, la plupart des enfants allaient encore à la messe.

— Vous avez combien de patients en charge ici ?, demanda Ophélie.

— En gros, une centaine à l'extérieur. Quand ils rechutent, on les fait entrer à l'hôpital communal.

C'était la grande bâtisse du siècle passé qu'ils avaient aperçue à l'aller, le long de la voie rapide.

Ophélie continua de poser des questions à l'assistante sociale. Elle avait sorti son carnet et prenait des notes, en bonne journaliste.

Hector les laissa et retourna voir son collègue, qui était en train de se rouler une cigarette en regardant le tableau où s'inscrivait le nom de tous les malades en cours.

— C'est embêtant, dit Hector. Non seulement il a manqué son dernier rendez-vous avec moi, mais le curé avec qui il parle régulièrement dans sa paroisse ne l'a pas vu non plus, il m'a appelé.

— Oui, c'est embêtant. Et chez lui à Paris ?

— L'infirmier de secteur est passé, les voisins ne l'avaient pas vu depuis quelques jours, non plus. L'infirmier a fait un signalement au commissariat.

— Ce Roger ne m'a pas paru un mauvais gars, dit le collègue.

— Oh non, dit Hector, mais sans traitement…

Il n'aimait vraiment pas l'idée de Roger errant seul dans Paris et provoquant de lui-même un changement de vie pire que celui qu'on lui proposait.

Hector a un accident

Ophélie était contente.

Elle racontait à Hector tout ce qu'elle avait vu, la salle d'art-thérapie, où s'affichaient des œuvres qui auraient pu se vendre dans une galerie d'art contemporain si on avait caché leur origine, le club de conversation, où les patients assis en rond, avec un psychologue, réapprenaient à discuter normalement d'un sujet, faculté qu'ils avaient un peu perdue après le dernier gros accès de leur maladie, et d'autres groupes dont elle avait vu l'horaire indiqué dans le planning de la semaine.

— J'ai compris qu'on leur réapprend à vivre, à se maintenir à l'extérieur.

— Oui, les médicaments sont nécessaires, mais pas suffisants.

— Mais comment pourraient-ils trouver du travail ?

— C'est le problème, dit Hector. Dans notre société, il n'y en a presque plus pour eux.

Ils se mirent à discuter des exigences de la société moderne, si différente de la vie de village d'autrefois, où on travaillait en famille et où tout le monde pouvait aider à la ferme. Voilà un sujet qui semblait inoffensif à Hector, c'était nettement mieux que de parler de philtre d'amour ! En même temps, il ne pouvait s'empêcher de remarquer un groupe de trois jeunes qui venait d'arriver sur le quai. Eux avaient bien vu Ophélie. Ils la désignaient en se poussant du coude.

Hector et Ophélie n'auraient peut-être pas dû se retrouver sur ce quai de train de banlieue en ce milieu d'après-midi, mais les taxis appelés n'étaient pas disponibles avant longtemps et le retour par ce train paraissait une solution raisonnable. Sinon, il aurait fallu attendre que quelqu'un du service puisse les raccompagner au moins à une station de taxi car, dans l'équipe du dispensaire, personne n'avait les moyens d'habiter dans Paris.

Hector s'était dit que l'après-midi n'était pas très avancé, que la réputation de ces trains de banlieue était exagérée, que l'immense majorité des jeunes du coin n'étaient pas des terreurs et voulaient simplement avoir une vie de jeunes normale avec des études ou un travail et que les médias en faisaient toujours trop. Or, là, il sentait les regards, moqueurs et agressifs de ces trois-là, et il constatait aussi que le quai était presque vide et que les autres passagers, des hommes âgés ou des femmes, prenaient bien garde de ne pas regarder dans la direction du groupe, et ça l'inquiétait, car ces gens étant du coin, ils devaient les connaître.

Finalement, l'un des jeunes, le leader visiblement, vint à leur rencontre, escorté des deux autres quelque pas en arrière.

— Dis donc, monsieur, elle est pas mal ta meuf !

Le propos aurait pu être flatteur et inoffensif, mais dans le regard du leader, Hector reconnut de mauvaises intentions et surtout cette joie du psychopathe de mettre l'autre mal à l'aise, le genre de regard qu'on peut croiser aussi bien dans le comité de direction d'une grande entreprise que sur un quai de gare. Les deux autres n'étaient que des suiveurs. C'étaient des gamins, pensa Hector, mais ils devaient peser presque aussi lourd que lui.

— Ce n'est pas ma meuf, dit Hector, c'est une journaliste.

— Ah, elle vient enquêter sur nous ?, dit l'autre, en s'approchant d'Hector et donc d'Ophélie.

— Non, pas sur vous, dit Hector. Sur le dispensaire.

L'autre sourit, montrant qu'il avait reconnu aussitôt qu'Hector tentait de faire diversion, et il revint à son sujet.

— Ouais, elle est vraiment chouette ta meuf, répéta l'autre. Nous, on en voit pas souvent des comme ça.

Et il se rapprocha encore à nouveau d'Hector et d'Ophélie, suivi des deux autres.

— Laissez-nous tranquilles, dit Ophélie. On n'a pas envie de parler.

Hector avait appris d'un ami bagarreur qu'il ne faut jamais laisser quelqu'un d'hostile s'approcher de vous. On est alors sans défense face à un coup imprévu.

— Exactement, dit Hector, on n'a pas envie de parler.

— Oh, tu recules ?, dit l'autre. On te fait peur ?

Et ils se rapprochèrent davantage.

Vous pensez peut-être que, là encore, Hector grâce à sa merveilleuse science de la psychologie, allait déconcerter ces petites frappes et les réduire à un état de stupeur et de soumission admirative, mais peut-être n'avait-il pas lu le bon manuel, et puis être un quinquagénaire bien habillé accompagné d'une jolie fille de 20 ans le faisait partir avec un handicap insurmontable de toute façon. Il était encore en forme, les autres avaient dû le remarquer, mais pas habitué à la bagarre.

Hector faillit leur dire qu'il était désolé de tout ce qui avait contribué à les opposer ce jour-là sur ce quai, lui blanc, urbain, éduqué, aisé, eux moins blancs, sans diplômes, chômeurs. Hector aurait été prêt à se repentir des méfaits du colonialisme, de la faillite du système éducatif, des marchés non régulés, des importations chinoises, des discriminations à l'embauche, de l'urbanisation mal pensée, mais il sentait bien que ça n'aurait pas servi à grand-chose.

On entendit la rumeur du train qui arrivait, au moment où le leader essayait d'attraper le bras d'Ophélie. Hector le repoussa si brutalement que l'autre alla valdinguer contre le mur du quai. Pendant qu'il se relevait, les deux autres hésitaient : ils attendaient les décisions de leur chef.

Hector vit une dame âgée, sur l'autre quai, qui parlait dans son mobile en regardant dans leur direction.

Le train arriva et il entraîna Ophélie à l'intérieur du wagon, agréablement plein de monde, des voyageurs d'origines variées, qui les regardaient d'un air étonné, des hommes dans la force de l'âge, mais Hector gardait son attention fixée sur les trois autres qui se précipitaient à leur tour vers la porte du wagon encore ouverte. Le leader, lui, avait compris que la situation n'était plus si favorable – c'était le leader après tout –, et il resta sur le quai devant la porte ouverte, où Hector faisait barrage en fronçant les sourcils, maintenant qu'il s'était mis sur le réglage « bagarre ».

Bon réglage, mais pas encore bons réflexes. Juste au moment où il se sentait soulagé de voir que les autres avaient renoncé à monter, il comprit qu'il les avait laissés approcher trop près. Et en un éclair, au moment où la porte du wagon se refermait, le leader lui balança son poing dans l'œil, tandis que le train démarrait et qu'il restait à ricaner sur le quai.

Hector n'avait pas mal du tout. Il était surtout content de revenir vers Ophélie. Ils voguaient maintenant vers la sécurité, vers Paris, ville aimée ! Mais Ophélie le regardait d'un air alarmé.

— Vous saignez, dit-elle.

Il saignait ? En portant la main à son visage, il ramena un peu de sang. Ce n'était rien, juste l'arcade.

— Tout va bien, dit-il.

Il se sentait si heureux d'avoir réussi à la protéger qu'il aurait presque dansé de joie au milieu des autres passagers, mais le regard d'Ophélie, chargé d'émotion, le dégrisa.

Plus tard, à Paris, elle voulut qu'il aille à l'hôpital se faire recoudre. Or l'idée hérissait Hector : il connaissait trop bien les services d'urgences et comment vous y étiez accueilli s'il n'y avait pas vraiment urgence. Et il savait qu'on pouvait rapprocher les bords de la petite plaie avec du sparadrap comme il en avait dans sa trousse à son cabinet, pas loin de leur station d'arrivée.

C'est donc sans penser à mal qu'il laissa Ophélie l'accompagner et c'est ensuite sans penser à mal qu'il la laissa l'observer tandis que, devant le miroir de son bureau, il essayait en vain de coller le sparadrap tout en rapprochant les bords de la plaie. Et c'est toujours sans penser à mal qu'il la laissa appliquer elle-même le pansement sur son arcade, son visage tout près du sien, ses yeux dans ses yeux, ses lèvres un peu entrouvertes…

Et là, Ophélie embrassa Hector.

Et… Hector ne se défendit pas.

Clara à New York

Ce matin-là, traversant Central Park, où le vent faisait bruisser les branches chargées de bourgeons, et croisant des joggeuses si en forme qu'elles avaient l'air de revenir en courant des jeux Olympiques, Clara se disait que ce travail à New York aurait pu en faire rêver beaucoup d'autres et elle s'en voulait un peu de ne pas se sentir plus heureuse. Pourtant, elle se répétait encore plusieurs fois par jour : « C'est fantastique, je suis à New York. » Pour elle comme pour beaucoup de gens, New York, c'était Manhattan, cette île au nom indien qui avait émerveillé quatre siècles plus tôt les premiers navigateurs hollandais qui l'avaient aperçue à l'horizon, puis des millions d'individus venus du monde entier, souvent des pauvres rêvant d'un avenir meilleur, et puis des générations d'écrivains et d'artistes, et puis vous aussi peut-être.

Elle était heureuse de se retrouver là, mais elle sentait aussi de sournoises petites fuites à son bonheur qui pouvaient finir par en faire descendre le niveau général.

Tout d'abord, le travail était moins intéressant qu'elle l'avait cru. Il s'agissait surtout de mettre au point de nouvelles procédures qui pourraient ensuite être appliquées dans toutes les filiales de sa grande entreprise, y compris dans son pays. Cela donnait lieu à une multitude de réunions, suivies de l'envoi en copie de courriels encore plus nombreux. Heureusement, Clara avait été très bien accueillie par tous ses collègues : pour eux, elle représentait son pays, et donc son charme et son chic que le monde entier nous enviait. Et comme elle était aussi sérieuse que ce qu'on attendait d'une Allemande ou d'une Coréenne, par exemple, les Américains l'appréciaient beaucoup.

On dit les Américains, mais c'était New York, et donc, la moitié des personnes assises aux réunions où Clara était présente n'étaient pas nées de ce côté-là de l'Atlantique, mais venaient de différents endroits du monde, même s'ils avaient tous pris la manière de parler et les méthodes de travail d'une grande entreprise internationale d'origine américaine.

L'autre fuite dans le bonheur de Clara, c'était Hector, bien sûr, ou plutôt l'absence d'Hector. Elle avait bien compris ce qui lui était arrivé ces derniers temps, même si elle n'aurait pu l'expliquer aussi bien que le Vieux François, et ça l'inquiétait. Elle était encore tourmentée par moments par la vision d'Hector et d'Ophélie descendant la rue de Vaugirard, l'air heureux tous les deux, Ophélie riant à quelque chose que venait de dire Hector.

Elle avait peur qu'Hector s'éloigne d'elle, qu'il aille trouver son bonheur ailleurs, comme il arrive parfois aux hommes en pleine crise du milieu de vie. Et souvent pour une femme plus jeune, une jeune femme admirative qui ne les aurait pas connus dans leurs débuts quand ils balbutiaient et trébuchaient.

Même s'ils restaient ensemble, allaient-ils pouvoir continuer d'être heureux pour toutes les années à venir ? Elle avait bien vu les efforts qu'Hector avait faits ces derniers temps pour mieux s'organiser, pour mieux l'écouter, pour faire plus attention à elle mais, un peu comme pour un bonheur qu'on a attendu trop longtemps, elle avait l'impression que cela ne lui avait pas fait beaucoup d'effet. Comme si les attentions d'Hector étaient devenues une monnaie un peu dévaluée. L'image d'Hector et d'Ophélie avait fait brutalement remonter son cours, mais c'était fugace. Et si elle avait besoin de la peur de perdre Hector pour l'apprécier comme mari, ce n'était pas réjouissant. Ça prouvait que leur relation s'était déréglée. Elle ne pouvait tout de même pas aller lui dire : « Rends-moi jalouse ! »

Le simple fait de se poser ses questions inquiétait Clara. Leurs enfants étaient grands, ils n'avaient plus besoin d'eux, ou presque. Rester ensemble ne valait que si tous les deux en avaient vraiment envie.

Clara était encore assez jeune pour penser que l'amour compte plus que l'habitude ou le confort de ne pas bouger. D'un autre côté, elle n'était plus si jeune que ça : c'était peut-être l'une des dernières années de sa vie où elle pouvait envisager d'en commencer une nouvelle. Et si Hector la précédait dans ce changement de vie ?

Elle communiquait souvent avec sa fille, qui l'avait initiée à de nouveaux systèmes de messagerie instantanée et qu'elle pouvait même voir apparaître sur l'écran de son téléphone.

Anne semblait ravie que sa mère soit à New York.

— Ah, maman, quelle chance tu as.

— Oui, c'est vrai, dit Clara, qui essayait de s'en convaincre.

— Moi aussi, je me dis ça tous les jours en arrivant à King's College : quelle chance j'ai ! Et les amis que j'ai ici !

Au moins, ils avaient donné ça à leurs enfants : la capacité d'apprécier leur propre bonheur. Gènes ou éducation ? La question restait ouverte.

— Et papa, il supporte bien ?

— Oh oui, tu sais, il ne déteste pas se retrouver seul.

— Je sais, je sais, dit sa fille d'un air un peu sévère.

Anne avait remarqué depuis longtemps la capacité qu'avait son père de se retirer dans son monde.

— Tu sais, je vais revenir bientôt.

— Oh, maman, mais tu n'es pas obligée ! Pourquoi ne pas rester plus longtemps ? Enfin un peu de changement pour toi.

— Oui, tu as peut-être raison.

En même temps Clara se disait que ce n'était peut-être pas une bonne idée d'avoir accepté de rester quinze jours de plus, le temps que le projet soit achevé.

Toutes ces pensées l'agitaient beaucoup, quand elle entra dans un de ces magnifiques *deli* tout vitrés, où les New-Yorkais pressés pouvaient trouver d'excellents sandwichs en guise de petit déjeuner et des cafés aussi bons qu'en Italie.

Et pendant qu'elle dégustait son *carrot cake* et son double expresso, elle prit vaguement conscience que son voisin le long du comptoir, un homme de grande taille, la regardait.

— Clara !

Elle se tourna vers lui.

Et là elle découvrit Gunther, plus chauve, plus enveloppé, mais avec toujours ce regard et ce sourire d'homme sûr de lui. C'était son ex-patron d'avant son mariage, l'homme pour qui elle avait trompé Hector plus de vingt ans auparavant, l'homme prêt à divorcer pour elle et qu'elle avait ensuite rendu fou de douleur quand elle l'avait quitté pour retrouver son Hector, son seul amour.

— Incroyable, tu n'as pas changé, dit Gunther, qui n'hésitait jamais à prononcer avec assurance les phrases les plus banales mais qui font quand même plaisir.

Hector et Ophélie

Ophélie passait voir Hector tous les jours à son cabinet, une fois le dernier patient parti. Ensuite, ils allaient dîner dans des restaurants qu'il choisissait en s'assurant de n'y être jamais allé avec Clara. Ou bien ils allaient au cinéma, Ophélie aimait voir et revoir de vieux classiques – Hector se disait que lui aussi était un vieux classique. Après quoi, ils revenaient ensemble au studio d'Ophélie, une ancienne chambre de bonne, avec vue sur les toits de Paris et la tour Eiffel au loin, vision digne d'une comédie musicale américaine. Et ensuite, Hector et Ophélie continuaient par ce que vous ne verrez jamais dans une comédie musicale.

Hector ne savait pas ce qui lui arrivait. Ou plutôt il le savait trop bien.

Après leur premier baiser et ce qui avait suivi, il s'était révolté contre lui-même. Non, c'était impossible, ça ne pouvait pas exister, il n'avait pas pu être un mari infidèle, il fallait oublier ces instants, ils n'étaient qu'une erreur, un malentendu, Ophélie allait aussitôt le comprendre, dès qu'il lui expliquerait.

Il avait commencé :

— Je pense que nous ne devrions pas...

Il cherchait ses mots. Ophélie l'avait regardé avec un sourire amusé.

Il faut dire qu'ils étaient tous les deux nus, ce qui n'était pas la meilleure situation pour avoir une conversation sérieuse. Hector aurait mieux fait d'attendre un peu, mais il était un peu trop angoissé par ce qui venait de se passer, et en plus très bien passé, ce qui était encore pire.

— … il vaudrait mieux oublier ce qui vient d'arriver…

Ophélie éclata de rire, et puis elle passa les bras autour du cou d'Hector.

Les jours suivants, après plusieurs merveilleuses retrouvailles, Hector se dit qu'il n'avait pas voulu avoir d'aventure avec Ophélie, puis ensuite qu'il n'avait pas voulu que l'aventure débouche sur une liaison avec Ophélie, et puis… Il n'osait plus penser à ce qu'il ne voulait pas avec Ophélie, car il avait très peur que ça arrive.

Avoir une liaison avec Ophélie était effrayant, merveilleux, consternant, exaltant. Il aurait pu trouver d'autres adjectifs, même s'il sentait son cerveau un peu paralysé.

C'était effrayant parce qu'il ne savait pas du tout où ça allait mener, même s'il avait déjà le sentiment qu'une catastrophe allait bientôt arriver.

C'était merveilleux car Ophélie était merveilleuse, et encore plus quand elle était nue, et encore plus dans ses bras, et encore plus quand il s'était aperçu que, pour elle, l'amour était chose toute naturelle, qu'elle n'avait aucun des embarras et maladresses des jeunes filles de 20 ans quand il avait le même âge.

Il avait parfois l'impression qu'Ophélie avait autant d'expérience et même plus d'aisance que lui au lit, mais il s'adapta rapidement, Hector était psychiatre, ne l'oubliez pas. Tout au début, il s'était senti comme le Grand Méchant Loup avec le Petit Chaperon rouge, et maintenant, il se demandait si le vrai fauve des deux n'était pas Ophélie, qui l'avait si adroitement chassé et capturé.

C'était consternant car il avait le sentiment de trahir sa vie passée, celle de Clara, leur couple et le mari fidèle qu'il avait été. Cette pensée lui donnait de brusques envies de pleurer, et il était obligé de disparaître dans la salle de bains pour laisser s'écouler ses larmes et pour qu'Ophélie n'entende pas ses brefs sanglots.

C'était exaltant car c'était se sentir jeune à nouveau, quand Ophélie et lui riaient ensemble, quand elle fermait les yeux dans ses bras, quand ils s'endormaient, épuisés.

C'était effrayant car il se demandait où ça allait mener Ophélie. Il se sentait responsable de ce qui leur arrivait, même si elle y était quand même pour quelque chose.

C'était consternant car il ne cessait de penser à ce qu'il dirait ou ne dirait pas au Vieux François la prochaine fois que celui-ci lui demanderait avec son bon sourire : « Vous allez bien, cher ami ? » Ne rien lui révéler ? Mentir ? Tout avouer ? « Tiens, au fait, je couche avec votre petite-fille… » Il avait trahi la confiance de son ami, c'était irrémédiable, impardonnable.

C'était merveilleux car chaque rencontre était comme une première rencontre, quand il attendait Ophélie et qu'il entendait son coup de sonnette, quand il la voyait apparaître au coin de la rue s'ils s'étaient donné rendez-vous directement au cinéma, quand elle arrivait après lui au restaurant où il l'attendait et que tous les dîneurs hommes faisaient semblant de ne pas la regarder, pendant que les femmes la regardaient avant de fusiller Hector du regard, quand, alors qu'il lisait le journal du jour dans le seul fauteuil de la chambre d'Ophélie, elle tombait soudain sur lui et commençait à l'embrasser, quand elle l'embrassait encore et puis prenait du recul pour considérer son visage avant de l'embrasser à nouveau.

C'était consternant car il se disait que tous ces merveilleux instants n'étaient après tout que l'histoire banale d'une aventure entre un homme d'âge mûr et une jeune fille admirative.

C'était exaltant car…

Carla et Gunther

Gunther avait invité Clara à prendre un verre à son club.

Elle avait d'abord pensé qu'il voulait l'inviter à le rejoindre à un club dont il aurait été membre, un de ceux où partout dans le monde les riches se retrouvaient dans une atmosphère paisible pour dîner ou lire la presse – d'autant plus paisible que, pour éviter tout risque de rivalités ou d'infidélités, certains de ces clubs n'admettaient pas les femmes, sauf les épouses lors de certains événements annuels, à la rigueur. Mais non, Gunther voulait parler de son club de jazz. Il était en effet l'heureux propriétaire d'une salle de concerts de jazz bien située dans le Meat Packing District. Gunther, en homme d'affaires avisé, avait acheté le local à un prix dérisoire à l'époque où ce district était encore assez mal famé, mais c'était devenu un quartier à la mode où s'alignaient galeries d'art contemporain, restaurants italiens et japonais, magasins Apple et clubs comme le sien.

Ensuite, Clara avait pensé que ça ne représentait pour lui qu'un hobby, pour se détendre de son travail de grand patron au siège new-yorkais d'une entreprise internationale comme celle où Clara travaillait. Mais non.

— Cette vie est finie pour moi, dit Gunther. Elle ne m'intéresse plus. Et j'ai toujours aimé le jazz.

Clara se souvenait que, même lorsqu'il était patron, il pouvait chanter les grands standards avec une belle voix de basse, ce qui à l'époque avait charmé la jeunette qu'elle était.

— Je suis beaucoup plus heureux aujourd'hui, dit Gunther en souriant.

En même temps, Clara sentait un peu de bravade dans cette affirmation. Les mâles dominants ne renonçaient jamais à exercer leur domination par une décision personnelle, avait-elle remarqué, mais seulement quand ils étaient poussés dehors par d'autres, plus malins ou plus féroces, qui les avaient dominés.

Mais Gunther avait l'air réellement apaisé, on ne ressentait plus cette tension qui semblait l'habiter en permanence, cette tension de l'homme aux aguets, toujours prêt à parer un coup ou à en donner un. Heureux, elle ne savait pas, mais plus détendu, avec plus d'humour aussi – assez loin du Gunther qu'elle avait connu. Et finalement plus séduisant, en tout cas pour la femme qu'elle-même était devenue.

— Passe vers 8 heures, c'est encore assez tranquille, dit Gunther au moment où ils sortaient ensemble du *deli*, dans la bise matinale encore froide. Après, on verra si on va dîner…

Clara sentait dans ses yeux une admiration toujours vivante, et même de l'amour, ce qui lui faisait comme un agréable et chaud manteau.

Ensuite, elle se remit à penser à Hector et à leurs récentes conversations téléphoniques. Il semblait étrangement absent.

— J'ai repris le travail, expliquait-il.

Cette fois, Clara se dit qu'elle refuserait une nouvelle prolongation de quinze jours, mais elle décida tout de même d'aller au rendez-vous proposé par Gunther.

Hector n'avait pas voulu

Tout d'abord, Hector n'avait pas voulu avoir une aventure, puis il n'avait pas voulu avoir une liaison, puis il n'avait pas voulu partir en week-end amoureux.

Hector et Ophélie étaient partis à la mer.

Hector avait réservé une chambre au Grand Hôtel de Cabourg, un palace aussi beau que le Lutetia, mais bâti juste au bord d'une plage, à l'époque où les riches commençaient à découvrir les bains de mer.

Leur chambre était comme une petite maison suspendue au-dessus de la Manche, peut-être une de celles où Marcel Proust avait séjourné, un siècle plus tôt, et qu'il évoquait dans *À l'ombre des jeunes filles en fleur*.

La nuit, il entendait la respiration d'Ophélie, et puis le bruit des vagues par la fenêtre ouverte.

Il était heureux et malheureux.

Il ne dormait pas beaucoup. Il aimait voir le jour se lever sur le corps nu et pâle d'Ophélie quand elle dormait encore. C'était à ce moment qu'il se sentait le plus infidèle, à contempler le réveil de cette jeune fille en fleur.

Ophélie adorait les huîtres, les crevettes roses et grises, les crabes, les langoustines. Ils en dévoraient ensemble, dans la grande salle de restaurant de l'hôtel qui donnait sur la mer, qu'ils voyaient changer de couleur à chaque passage nuageux, comme les yeux d'Ophélie qui passaient alors du vert au gris. Ou alors ils allaient aux Vapeurs, à Trouville, où Hector craignait toujours de croiser un couple qu'il aurait connu à Paris. Ils buvaient du chablis ou du pouilly-fumé.

Et ils se parlaient, beaucoup. Et ils allaient se promener le long du rivage.

Ophélie lui parlait avec humour de sa vie, de ses amies, de ses lectures, de ses espoirs. Hector avait l'impression de marcher sur la plage en compagnie d'une habitante venue d'une autre planète : la jeunesse.

Il avait remarqué qu'elle ne lui posait guère de questions, car de sa vie, que pouvait-il raconter sans rompre le charme ? Parler de Clara, de ses enfants ?

Ils plaisantaient beaucoup. Souvent même leur conversation devenait comme une suite de petites plaisanteries, et cela déchirait aussi le cœur d'Hector, car il se souvenait que c'était le même genre de conversations qu'il avait avec Clara, avant leur mariage.

Le reste du temps, il évitait de penser à Clara. Il avait ainsi l'impression de s'anesthésier lui-même, mais il avait décidé de se concentrer sur l'instant présent, ce qu'il conseillait d'ailleurs à ses patients.

Ils marchaient pieds nus sur la plage. Ophélie allait soudain faire quelques pas dans la mer encore trop froide, ce qui lui faisait pousser de petits cris. Alors, Hector s'amusait à la porter dans ses bras, tandis qu'elle s'accrochait à son cou. Quel idiot, il faisait, pensait-il, et en même temps, il se sentait heureux.

Hector arrivait à goûter ces moments de bonheur, mais il craignait qu'ils tissent entre eux un lien impossible à rompre. Chaque instant, sur la plage, dans leur chambre, au restaurant, était comme une dose supplémentaire d'un philtre d'amour.

Surtout pour Ophélie, se tracassait-il. Lui se sentait prêt à affronter n'importe quel tourment, mais il craignait pour elle, si jeune.

Ils ne parlaient jamais de l'avenir, ils vivaient l'instant. Ils ne parlaient jamais de leur amour non plus, ils n'évoquaient jamais le moment où Ophélie s'était sentie attirée par Hector ou lui par elle. Ils ne se racontaient pas leur histoire, comme font pourtant tant d'amoureux.

Et comment la voyait-elle, leur histoire ? Voilà un sujet brûlant qu'il n'osait aborder.

Bien sûr, il ne promettait rien à Ophélie, mais il avait appris depuis longtemps qu'avec les femmes, ne rien promettre n'est pas la même chose que de ne promettre vraiment rien. Se contenter de ne rien promettre ne pouvait empêcher certaines de rêver. Même s'il n'arrivait pas à croire qu'une jeune femme puisse encore rêver à son propos, il savait que la capacité de rêve d'avenir des femmes est aussi forte et irrépressible que le désir sexuel des hommes.

Alors, devait-il annoncer à Ophélie qu'il ne quitterait jamais Clara ? Peut-être l'avait-elle déjà compris et aurait-il juste l'air d'un gros balourd qui la sous-estimait ?

Parfois, elle sanglotait dans son sommeil. À quoi rêvait-elle ? À lui ? À leur amour ?

Hector la réveillait, et elle le regardait d'un air étonné. Non, elle ne se souvenait de rien. Et puis elle passait les bras autour de son cou.

Tristan et son addiction

Hector avait recommencé de travailler comme avant.

Des confrères pressants l'avaient appelé pour qu'il reçoive au plus vite certains de leurs patients qui les inquiétaient, mais qu'ils ne voulaient pas envoyer à l'hôpital. Et il tenait à avoir des journées remplies maintenant. Il ne voulait pas avoir trop de temps libre pour penser à ce qui lui arrivait avec Ophélie et à ce qui se passerait quand Clara reviendrait de New York, si elle revenait car, après tout, elle avait déjà prolongé son séjour.

— Docteur, vous avez l'air en forme.

— Ah bon ? Vous aussi.

C'était Tristan. Surprise : il ne portait pas de cravate ce jour-là, mais son costume et sa chemise rayée ouverte était parfaitement désassortis – Paul Smith, aurait pu reconnaître Olivia. Ou bien Kenzo ? Il portait aussi de fins mocassins en nubuck, signe de sa décontraction nouvelle.

— C'est une journée de vacances pour vous ?, demanda Hector.

— Oui, je prends mes vacances avant de les quitter…

— Vous quittez votre job ?

— Un bon arrangement, dit Tristan avec satisfaction.

Hector vit des colonnes de chiffres briller dans ses yeux.

— Vous avez trouvé autre chose ?

— Non, pas vraiment. Pas encore.

Hector était étonné : Tristan semblait non seulement avoir quitté le peloton de tête, mais la course elle-même, et il n'en semblait pas affecté.

— Docteur, votre petit exercice de la dernière fois m'a fait réfléchir. Vous vous souvenez, j'avais indiqué « être content de moi » et « avoir la sensation que je suis le meilleur ». J'ai compris que l'un dépendait de l'autre.

— Vous voulez dire que vous ne pouvez être content de vous que si vous vous sentez le meilleur ?

— Exactement ?

Hector eut envie de prononcer cette phrase cliché mais tellement utile pour tout expliquer : « Parlez-moi de votre mère... », mais ce n'était même pas la peine.

— Je crois que maman m'a donné les deux en même temps. Elle m'adorait, et son admiration me donnait l'impression que j'étais unique, extraordinaire, le meilleur ! Aujourd'hui, pour être content de moi, je dois sentir l'admiration des autres, je dois sentir qu'ils me croient le meilleur !

Tristan avait bien progressé, Hector avait pensé qu'il lui faudrait encore plusieurs séances pour entrevoir d'où lui venait ce besoin de ne s'admirer que si les autres l'admiraient. Mais Hector savait qu'on ne changeait pas de personnalité, Tristan pas plus qu'un autre, mais qu'on pouvait quand même éviter de refaire les mêmes erreurs en modifiant un peu sa manière de penser.

— Pour résumer, je veux toujours être content de moi, mais l'idée de vouloir être le meilleur, je m'en méfie maintenant. Je crois qu'elle m'a empoisonné un peu la vie… un peu comme une valeur dont on ne veut pas se séparer parce qu'elle a obtenu de très beaux résultats, mais qui ne sera plus jamais ce qu'elle a été.

Hector aimait bien quand les patients faisaient des comparaisons, ça voulait vraiment dire qu'ils avaient fait des progrès dans la connaissance d'eux-mêmes. Ce n'était bien sûr pas suffisant pour améliorer leur moral ou changer leurs mauvais réflexes, mais c'était la bonne voie.

— Alors, vous pensez que cette idée ne vous fera plus souffrir ?

— Non, je ne crois pas. Je ne vais pas arriver à m'en débarrasser comme on se déleste d'une mauvaise valeur. J'aurai des rechutes, bien sûr, je viendrai vous voir, mais peut-être pas tout de suite. Si nous faisions une pause, docteur ?

Hector était content : la pause de Tristan lui laisserait quelques créneaux libres pour de nouveaux patients en détresse.

Tristan était son dernier patient du jour. Après l'avoir raccompagné, il se mit à répondre à ses messages en essayant de se concentrer pendant que tout son corps attendait le coup de sonnette d'Ophélie, qu'il emmènerait ensuite au restaurant, un italien renommé où il n'était jamais allé avec Clara.

Plus tard, dans la nuit, il fut réveillé par la vibration de son téléphone mobile. C'était un message de sa fille :

Papa, tu vas bien ? Juste pour te dire que j'arrive à Paris dimanche. Je logerai chez Mélanie. Je t'appelle quand j'arrive, je veux te voir. Je t'embrasse.

En levant les yeux de son téléphone, il vit Ophélie toujours endormie, le visage tourné vers lui, abandonnée au sommeil comme une nymphe étendue dans un tableau mythologique.

Il avait une liaison avec une jeune fille du même âge que sa fille.

Cette nuit-là, il n'arriva pas à se rendormir.

Hector à Montmartre

Hector n'allait pas souvent à Montmartre, sauf pour accompagner des amis en visite à Paris. Dans ce cas, il prenait le 95 qui, partant de la rue de Rennes, suivait l'un des plus beaux trajets de Paris. La traversée de la Seine sur le pont du Carrousel vous offrait un bref mais sublime paysage des rives de la Seine, avec en sus les silhouettes de la tour Eiffel à votre gauche et de Notre-Dame à votre droite, puis vous entriez dans la cour du Louvre, avant de découvrir la splendeur de l'Opéra Garnier. Hector aimait aussi la partie finale du parcours, quand le bus filait sur un pont au-dessus du cimetière de Montmartre – que ses amis, en général, ne voulaient pas visiter, ils préféraient voir la basilique du Sacré-Cœur, ce grand monument pseudo-byzantin construit à une époque où les architectes respectaient encore l'art décoratif, aurait dit le Vieux François. Ils voulaient contempler la célèbre vue de Paris depuis les marches de l'église – Hector préférait celle de la terrasse du musée d'Orsay, moins élevée, mais d'où on apercevait le cœur de la beauté de la ville, la Seine, le Louvre, les Tuileries et au loin le Sacré-Cœur sur sa butte. Ensuite, ils tenaient à déambuler dans le charmant village de Montmartre, où avaient vécu tant de mauvais peintres et quelques-uns de vraiment bons.

On était dimanche après-midi. Robert avait appelé Hector. Il tenait à le voir, c'était important. Comme Ophélie était restée chez elle à préparer un examen pour le lendemain, c'était facile. Et maintenant, Hector et Robert étaient assis sur des chaises en rotin à la terrasse d'un petit café de Montmartre. À l'intérieur, Hector pouvait voir deux couples de touristes chinois qui regardaient d'un air intrigué les assiettes qu'on venait de leur apporter. Ils avaient choisi le plat du jour, une choucroute. Le temps était beau et, même s'il restait frais, le soleil donnait à tout un air gai et plein de jeunesse. Sauf peut-être à Hector et Robert, très occupés par leurs pensées, pendant que les pigeons roucoulaient dans leur feuillage voisin.

En contrebas – c'était le charme de l'endroit, les rues en pente et les escaliers –, Hector apercevait une place où se trouvait un joli petit hôtel à la façade habillée de lierre. Il avait l'air d'avoir servi de décor à *Un Américain à Paris*, qu'Hector et Ophélie avaient vu le soir précédent dans une salle de la rue des Écoles. Même pour Hector, ce film évoquait un monde très ancien, où les ouvriers et les artistes sans le sou vivaient encore à Paris, où on vendait des fleurs et des légumes dans les rues pavées, un monde qui faisait encore partie de son enfance avant de disparaître et qu'Ophélie ne pouvait voir qu'idéalisé au cinéma.

— Regarde l'entrée de l'hôtel, dit Robert.

La porte s'ouvrit et une femme en sortit.

Avec la distance, Hector mit quelques secondes à la reconnaître.

— Oui, c'est bien ma femme, c'est Denise, dit Robert, toujours aussi ponctuelle. Ensuite, elle va à son cours d'encadrement. Comme d'habitude.

Hector ne savait quoi dire. Il redoutait surtout la suite, car Robert continuait d'attendre.

La porte de l'hôtel s'ouvrit de nouveau et un gros homme aux cheveux gris en sortit à pas pressés. C'était Jean-Claude, le mari de Géraldine, celle qui lui tapait sur les nerfs et lui avait permis de découvrir qu'il se trouvait en pleine crise du milieu de vie.

— Et voilà, dit Robert. Le couple infidèle. Qu'en penses-tu ?

Robert commanda son deuxième verre de blanc, mais Hector ne lui fit aucune remarque, même s'il était encore tôt dans l'après-midi.

— Comment tu t'en es douté ?, demanda Hector.

— Ils n'ont pas eu de chance, les pauvres. Un de mes amis habite pas loin et vient souvent prendre son café ici. Il les a vus sortir ensemble un jour. Il m'a appelé. Il est au courant pour moi et ma jeune femme admirative, il pensait qu'il m'annonçait une bonne nouvelle !

— Et ce n'est pas une bonne nouvelle ?

Hector s'attendait à ce que Robert lui dise qu'il se sentait heureux de se sentir libre vis-à-vis de Denise ou bien au contraire fou de jalousie, mais non.

— Tu sais, ça me fait de la peine. Je me dis qu'il a vraiment fallu que je rende malheureuse ma bonne Denise pour qu'elle saute le pas de l'adultère. Ça ne lui ressemble pas du tout. Et avec Jean-Claude, en plus ! Un autre malheureux, avec cette sacrée Géraldine. Et qui le trompe de son côté, comme tu sais.

C'était vrai, il y avait quelque chose de touchant de voir ces deux sages et bonnes personnes, Denise et Jean-Claude, se consoler en cachette de leurs conjoints infidèles.

— Et tu penses que Denise sait pour toi et ton admiratrice ?

— Honnêtement, je ne pense pas. Sinon, je crois qu'elle aurait abordé le sujet. Mais elle a quand même dû se sentir délaissée. Et justement, ce qui me rend triste, c'est que, comme elle ne sait pas pour moi, elle doit se sentir coupable de me tromper. D'ailleurs, ces temps derniers, elle m'a paru un peu abattue. Elle n'est pas faite pour l'adultère. C'est réservé aux gens sans trop de scrupules, comme moi…

Robert exagérait. Il n'était pas dépourvu de scrupules, la preuve, il lisait de la philosophie allemande avant de s'endormir.

— Tu comptes faire quelque chose ?

— Je suis un peu perdu, dit Robert.

Il expliqua que l'idée qu'il ait rendu Denise malheureuse – et cette liaison en était vraiment le signe – le faisait soudain se sentir très triste. Il s'en voulait, il réalisait combien Denise avait toujours été une bonne épouse pour lui.

— Si elle m'avait trompé avec un type jeune et beau, là je lui en aurais peut-être voulu, je me serais senti jaloux… même si je suis assez mal placé pour l'être. Mais avec ce brave Jean-Claude…

— C'est donc peut-être vraiment de l'amour, dit Hector.

— Remarque, il est fin, il a de l'humour. Tu te souviens qu'il était même drôle, avant qu'il se laisse attraper par cette peste.

— Il a dû le redevenir.

Finalement, Jean-Claude avait dû se décider à regarder ses problèmes en face et conclure qu'il avait bien droit à un peu d'adultère.

— Que comptes-tu faire ?

Robert hésita et, par-dessus l'épaule d'Hector, commanda... non pas un nouveau verre de vin blanc, mais un café. Il attendit qu'on le lui apporte et puis il regarda Hector :

— Je me rends compte que c'est l'occasion d'un grand changement de vie. Je pourrais rejoindre ma petite jeunette qui m'attend toujours, laisser ces deux-là s'aimer et, qui sait ?, peut-être fonder un couple. Imagine la tronche de Géraldine !

— Et alors ?

Robert prit une grande inspiration.

— Eh bien, ça me fait peur ! Une trouille terrible. Finalement, j'aimerais que tout redevienne comme avant avec Denise. Qu'on s'aime tranquillement, qu'on vieillisse ensemble. C'est encore possible ? Qu'en penses-tu ?

— Honnêtement, je n'en sais rien. Peut-être qu'elle a envie de la même chose que toi.

— Oui, peut-être. D'un autre côté, je me dis que c'est peut-être une chance unique pour nous deux. Redémarrer chacun une nouvelle vie. Être plus heureux, peut-être, mais je me rends compte de ce que je perdrais à tout jamais.

— Quoi, par exemple ?

— Une femme qui me connaît vraiment, qui m'aime, en tout cas qui m'aimait, avec tous mes défauts. Pas une jeune femme admirative qui m'aime pour mes qualités et que je vais finir par décevoir, forcément. Tu comprends ?

— Très bien, trop bien.

— Trop bien ? Pourquoi trop bien ?

Clara s'amuse

— J'ai voulu créer un lieu spécial, dit Gunther.

L'endroit ne paraissait pas si spécial à Clara, mais agréable, une salle assez grande avec de petites tables rondes disposées sur deux niveaux, des murs ornés de grands clichés en noir et blanc montrant des paysages urbains de New York et de Paris – Gunther lui avait expliqué que Cole Porter avait longtemps vécu à Paris – et un long bar en métal riveté, auquel ils étaient assis sur de hauts tabourets de style industriel.

La lumière tamisée avait été bien pensée : Gunther et elle aussi sans doute paraissaient plus jeunes dans cette douce lueur tandis qu'ils levaient leur coupe de champagne.

— À notre nouvelle rencontre, dit Gunther avec son sourire qui rappela à Clara son surnom de Smiling Killer, à l'époque où il était encore grand chef.

Il y avait déjà quelques clients, mais l'orchestre du jour n'était pas encore arrivé, on entendait juste une musique *lounge*, plus moderne. Les serveurs circulaient rapidement entre les tables, toutes des serveuses, remarqua Clara, à la fois chics et provocantes dans leur jupe noire très courte qui dévoilait leurs longues jambes gainées de noir également.

Le barman était un beau Latino d'une quarantaine d'années, qui adressait des œillades complices à Clara, comme pour lui souhaiter la bienvenue. Il ressemblait à Paolo Conte en plus jeune.

Peut-être était-ce l'effet du champagne, mais Clara trouvait Gunther de plus en plus séduisant.

Accoudé avec aisance au bar, il lui parlait de jazz, il expliquait comment, dans un club, il fallait savoir doser les artistes traditionnels qui plaisaient à tout le monde, surtout aux touristes qui trouvaient qu'une visite à New York devait comprendre une soirée de jazz, mais aussi programmer d'autres musiciens plus difficiles pour garder sa réputation et faire venir les critiques des journaux chics. Elle retrouvait bien le Gunther dont elle se souvenait, avec à la fois son sens de la stratégie et son attention au détail qui lui avaient si bien réussi dans sa carrière d'avant et qu'il avait maintenant appliqué à sa passion, le jazz.

Enfin un homme qui savait décider, choisir sa vie !

Entre-temps, Gunther lui avait révélé qu'il avait divorcé quelques années auparavant et qu'il était *on the road again.*

— Quel bonheur de te retrouver, dit-il, passant soudain au français et au tutoiement.

Et Clara sentit à nouveau cette onde chaude que lui envoyait le regard amoureux de Gunther.

Et puis, sans la quitter des yeux, il se mit à chanter « *Let's do it* ». Il n'avait pas oublié son Cole Porter, il chantait parfaitement de sa belle voix de basse.

C'était charmant, mais Clara ne fut pas si charmée, car elle avait l'impression que Gunther avait déjà chanté cette chanson à d'autres femmes, c'était un numéro bien rôdé. Mais il avait l'air tellement content de chanter, comme pour lui rappeler leurs souvenirs heureux, qu'elle se sentit quand même émue.

Gunther demanda à Paolo Conte de leur servir à nouveau du champagne et Clara se dit qu'elle ne devait pas boire trop vite si elle voulait rester maîtresse d'elle-même face à la séduction de Gunther.

Une serveuse, une grande Noire magnifique, s'approcha de Gunther, pour lui poser des questions sur une réservation. Il lui répondit sans la regarder, avec un malaise qui fit penser à Clara qu'il couchait ou avait couché avec elle. Elle en fut sûre quand elle nota le bref regard de panthère que lui adressa la serveuse en s'éloignant. Elle n'était venue poser ses questions à Gunther que pour mieux observer Clara.

Après tout, c'était normal, n'était-il pas célibataire ?

Clara se sentit soudain dégrisée. Elle avait vaguement l'impression de n'être juste qu'un nouvel objectif du nouveau Gunther : l'occasion de rattraper sa défaite avec elle.

L'amour peut rendre bête, mais aussi très intelligent, car Gunther sentit tout cela.

— Tu ne peux pas… pas savoir comme c'est important pour moi de te retrouver, balbutia-t-il.

Important, oui, mais de quelle manière ?, pensa Clara.

Soudain, elle s'aperçut que Gunther avait bu plus qu'elle. Les trois coupes qu'il venait d'ingurgiter n'auraient jamais pu le faire buter sur les mots. Peut-être avait-il bu avant son arrivée.

Peut-être le trac de la revoir.

— Toi et moi, c'était grand, murmura-t-il soudain, l'œil humide.

Il posa sa main sur la sienne avec un sourire triste.

— Toutes ces années, toutes ces femmes… Tout ça est passé comme l'éclair. Je pensais tout le temps à toi, à ma Clara. Ma vie n'avait plus grand sens…

— Vraiment ? Mais tout ça m'a l'air d'avoir un sens, dit Clara en désignant le club, les amateurs de jazz qui commençait à s'installer et le ballet des grandes serveuses.

— Il faut bien passer le temps, dit Gunther en haussant les épaules.

Il parcourut la salle du regard attentif redevenant aussitôt celui qu'elle avait connu : il vérifiait si tout était en ordre

Des musiciens venaient d'apparaître et commençaient à s'installer.

— Et si nous allions dîner ?, dit Gunther.

— Tu ne restes pas quand l'orchestre commence ?

— D'habitude si. Mais pas quand tu es là.

Gunther se remit à chantonner « *Let's do it, Let's do it* » en la regardant d'un air charmant.

Après tout, pourquoi refuser un dîner avec un ex ?

Sabine fait des progrès

— L'épeautre, le quinoa, le boulgour ! Le jus de grenade ou de goyave bio !

Sabine avait l'air très en forme. Elle avait négocié son départ et appliquait la même énergie qu'elle avait mise à profit dans sa grande entreprise pour monter cette fois son projet de boutique bio.

Malgré toutes ces aventures de cœur, Hector continuait son métier aussi bien que possible. Désormais, les moments difficiles, ce n'était plus lorsqu'il se trouvait au bureau, mais quand il se retrouvait seul. Là, Hector se tourmentait en pensant à Clara et à Ophélie.

Il ne s'en voulait plus d'avoir succombé à la tentation. C'était fait. À quoi cela aurait-il servi de s'en vouloir ? Il s'inquiétait plutôt des souffrances qu'il pouvait provoquer, tout en sachant que s'inquiéter ou se sentir coupable ne suffisent pas pour découvrir le Souverain Bien, le grand souci des philosophes grecs que lisait le jeune Antoine, auquel Hector évitait de penser aussi.

Il pensait surtout à sa prochaine rencontre avec le Vieux François. Il allait devoir révéler à son vieil ami qu'il avait une liaison avec sa petite-fille. Lors de leur dernier dîner, il avait eu l'impression qu'il s'y attendait, mais c'était peut-être une illusion, une illusion qui voulait lui faire croire qu'il avait la permission du grand-père d'Ophélie pour la déshabiller et même plus.

En tout cas, les moments passés avec elle lui faisaient beaucoup mieux supporter son travail. Il avait l'impression que les patients lui étaient plus légers, il se sentait plus de compassion pour leur vie difficile, comparée aux moments extraordinaires qu'il vivait.

Ce matin-là, c'était un plaisir de voir Sabine, comme une nouvelle Sabine pleine d'espoir, qui ne pleurait plus sur sa crise du milieu de vie, mais qui la vivait en prenant une décision énergique.

— C'est votre histoire de conflit de valeurs entreprise/salarié qui m'a fait comprendre que je ne serai jamais contente de ce travail : je ne vais pas changer de valeurs ! Quand j'étais jeune, je n'y pensais pas, mais maintenant, je pense de plus en plus à l'environnement, à la nourriture saine, et tout. Ça fait partie de ma vie personnelle. Pourquoi pas de ma vie professionnelle ?

Tout ça paraissait fort raisonnable à Hector, et en tout cas, beaucoup moins imprudent que d'avoir une liaison avec une jeune femme en âge d'être votre fille.

— J'ai le capital de départ en vendant les actions que je détiens de ma boîte, je suis une bonne commerciale, je connais le secteur, et j'aimerai les produits que je vends ! Et surtout, surtout, c'est un secteur qui se développe !

— Qu'en pense votre mari ?

— Ah, là, c'est le problème, dit Sabine en cessant de sourire.

— Il n'est pas d'accord ?

— Au début, on va forcément avoir moins de revenus.

— Vous en parlez avec lui ?

— En fait, il voudrait vous voir.

— Entendu, prenons rendez-vous.

— Il est déjà là, dit Sabine, dans la salle d'attente.

Le mari de Sabine était à peu près tel qu'elle l'avait décrit, ce qui surprit Hector. Il avait l'habitude de voir apparaître des conjoints humbles et charmants qui lui avaient été décrits comme des pervers narcissiques ou au contraire des égoïstes forcenés dont on lui avait dit qu'ils étaient adorables. Mais non, là, il voyait assis en face de lui un grand gars sympathique. Il ressemblait bien à un prof de tennis, il était sûrement infidèle et sûrement joyeux la plupart du temps ; et pourtant, à l'instant, il avait surtout l'air sinistre et même en colère.

— Je trouve que c'est une idée folle, dit-il en regardant Hector comme s'il lui en voulait.

— Mais non, chéri, j'ai bien réfléchi, c'est dans mes cordes, dit Sabine.

— On n'a pas les moyens de ton idée.

— Au début, on se serrera un peu la ceinture…

Et tu pourras essayer de travailler plus, mon gars, pensa Hector, mais il se dit qu'il valait mieux que cette phrase vienne de Sabine et en effet :

— Et puis, tu pourrais donner plus de leçons !

Le mari ne répondit même pas, il regardait Hector.

— C'est vous qui lui avez mis cette idée dans la tête ?

— Désolé que vous pensiez ça, mais pas du tout.

— Désolé, désolé, dit le mari en imitant Hector. C'est pas sur vous que ça retombe !

— Calme-toi, chéri, le docteur n'y est pour rien.

Le mari ne se calmait pas. Il faisait penser à un enfant à qui on retire son biberon.

— Elle va foutre notre vie en l'air, et vous êtes désolé !

— Écoutez, dit Hector, je propose qu'on essaie de parler calmement.

— Vos trucs de psys à la con ! Et si moi j'ai pas envie d'être calme ! Je vais pas laisser détruire notre famille !

— Arrête, tu me fais honte.

Sabine regardait son mari d'un air excédé.

Hector entrevit soudain que le pauvre ne se doutait pas encore qu'un autre changement de vie l'attendait peut-être au tournant.

— Ça va pas se passer comme ça, dit le mari. Je vais porter plainte auprès du conseil de l'ordre. Et j'ai des relations !

Hector commençait aussi à avoir honte pour lui. Il se dit qu'il n'avait pas assez exploré avec Sabine les effets de sa décision sur sa vie de couple, mais bon, on ne pouvait pas penser à tout.

— Écoutez, dit Hector, je suis prêt à discuter avec vous, mais pas sur ce ton.

— Discuter, discuter… Et si moi j'ai pas envie de discuter mais juste de vous dire que vous êtes un idiot, un incompétent et que vous avez rendu ma femme complètement folle !

Il criait et il s'était levé de sa chaise. Hector se dit qu'il était quand même impossible qu'il se retrouve impliqué dans deux bagarres en moins d'une semaine.

La porte s'ouvrit, et une grosse voix se fit entendre.

— Qu'est ce qui se passe ici ?

C'était Roger, l'air grognon d'un ours qu'on aurait dérangé pendant sa sieste.

— Roger ! Vous étiez là ?

— Oui, désolé d'arriver comme ça, mais je voulais vous parler assez vite… J'attendais, mais j'ai entendu des hurlements dignes de l'enfer, des clameurs de démon !, dit Roger en regardant fixement le mari de Sabine.

Le prof de tennis s'était figé. Hector vit qu'il n'arrivait pas à comprendre la situation : Roger était-il un patient, un ami d'Hector, un garde du corps ?

La cloche de Saint-Honoré-d'Eylau se fit entendre.

— Je pense qu'il vaut mieux vous laisser, docteur, dit Sabine.

Roger change de vie

— On ne va pas se voir avant longtemps, dit Roger en s'asseyant.

Il avait l'air calme. Il avait dû reprendre des médicaments. Ou bien celui que lui avait donné Hector la dernière fois faisait encore effet.

Hector crut d'abord que Roger lui annonçait qu'il allait s'installer en banlieue finalement.

Pas du tout.

— Je pars pour l'Afrique, docteur !

Et Roger eut un bref éclat de rire, comme s'il n'en revenait pas lui-même.

Hector redouta un instant qu'il se soit mis en tête de rechristianiser le Maghreb, en se trompant vraiment de siècle. Là encore, il avait presque tout faux.

Roger allait rejoindre comme volontaire une communauté religieuse qui s'occupait de reconstruire une ville qui venait d'être détruite par un tremblement de terre en Afrique. Il avait eu cette idée en voyant des photographies affichées dans son église. On demandait des fonds et même des volontaires.

Il en avait parlé au curé, qui lui avait demandé d'en parler à Hector.

Hector trouvait que c'était une bonne idée.

Là-bas, Roger se sentirait utile, il se retrouverait avec des gens contents de le voir, alors qu'ici, il était juste quelqu'un de pas très occupé bénéficiant d'une allocation d'adulte handicapé. Il y avait même un médecin dans le camp. En cas de problème, il pourrait appeler Hector. Et Hector était certain qu'il n'y aurait pas de problème tant que Roger prendrait ses médicaments.

D'ailleurs, il avait recommencé à bien les prendre, et il voulait même une assez grosse ordonnance pour avoir de la réserve, parce qu'en Afrique, les médicaments normaux manquent souvent, et les médicaments psychiatriques encore plus.

— Qu'allez-vous faire là-bas ?

— Oh, il y a beaucoup à faire. Des salles de classe à construire. Même des toilettes… Tout ça me connaît un peu, vous savez.

Hector se souvint soudain qu'avant de commencer sa carrière de malade psychiatrique, Roger avait travaillé dans le bâtiment, où on avait besoin de gars costauds, sans doute comme dans la ville écroulée où il se rendait.

— Mais vous reviendrez sans doute de là-bas un jour ou l'autre, Roger.

— Comme vous le savez, les voies du Seigneur sont impénétrables, dit Roger en se levant. En tout cas, merci pour tout ce que vous avez fait pour moi, docteur.

Quand Roger fut parti, Hector se surprit à l'envier un peu.

Roger allait changer de vie ! Il allait découvrir un nouveau continent, aider à relever une ville dévastée par un tremblement de terre. Alors que lui, Hector, restait assis sur sa chaise à attendre son prochain rendez-vous qui, heureusement, était un peu en retard.

Bien sûr, il pouvait considérer Ophélie comme un nouveau continent. D'ailleurs, c'était aussi un tremblement de terre.

Hector, le Vieux François et l'art contemporain

Ce soir-là, Ophélie lui avait laissé un carton d'invitation pour le vernissage d'un artiste contemporain dans une prestigieuse galerie de la place des Vosges où travaillait une de ses amies. Il s'agissait d'un artiste « international » : on pouvait voir ses œuvres dans les magazines d'art qu'on trouvait dans la salle d'attente de médecins à spécialités vraiment chères. C'était donc un événement assez mondain.

Hector était surpris. Ophélie voulait-elle qu'ils apparaissent comme un couple aux yeux des autres ? Était-ce un signe qu'elle souhaitait un progrès dans leur histoire, du premier baiser au lit, puis du lit à la plage et au restaurant, et maintenant au regard de tous ?

Un second message le rassura : elle serait à la galerie avant l'heure du vernissage, pour aider son amie. Il la rejoindrait plus tard quand il serait libre. Ils n'arriveraient donc pas ensemble.

Hector pensait aussi à sa fille, qui serait bientôt de retour. Il se sentait une envie absurde de la présenter à Ophélie. Une partie de lui aurait éprouvé un grand bonheur à les voir parler ensemble, elles avaient tout pour s'entendre, mais bien sûr, c'était impossible.

Il arriva quand le jour tombait. La place des Vosges dévoilait sa merveilleuse symétrie carrée, ses façades de brique et de calcaire, inchangées depuis quatre siècles, ses arcades parfaitement alignées, un décor qu'Hector trouvait presque oppressant de perfection dans la journée. De nuit au contraire, quand les lampes s'allumaient derrière les fenêtres à petits carreaux, la place devenait chaleureuse, on imaginait que des fêtes du XVIIe siècle se donnaient encore dans les salons.

— Et alors, qu'en pensez-vous, cher ami ?

Hector ne s'attendait pas à trouver là le Vieux François, mais n'était-il pas naturel qu'Ophélie ait prévenu aussi son cher grand-père ? Ils se tenaient près d'une sculpture qui représentait une saucisse piquée au bout d'une fourchette, parfaitement réaliste. Rien d'inhabituel, sinon que l'ensemble faisait bien trois mètres de haut.

— Je ne trouve pas ça très… émouvant, dit Hector.

— Voilà !, dit le Vieux François, je ressens la même chose, mais on vous dira que l'art contemporain, et ne parlons pas de la musique, n'est pas fait pour émouvoir, mais pour interpeller, faire penser, déranger, inciter à participer, surprendre – quoique la surprise soit peut-être l'une des émotions fondamentales, même si Darwin n'en était pas sûr. Certains artistes cherchent même à inviter le spectateur à tourner en dérision le fait d'admirer ce genre d'œuvrettes…

Le Vieux François était toujours aussi en forme que les fois précédentes, il parlait avec la fougue d'un jeune homme. Hector remarquait qu'il ne pouvait s'empêcher de jeter de brefs regards aux jolies femmes qui passaient à proximité, perchées sur leurs longues jambes et leurs hauts talons, accompagnées d'hommes souvent plus âgés qu'elles, mais tout aussi élégants, bien lustrés et bien brossés, avec l'air à la fois cordial et sûr de soi de ceux qui, depuis longtemps, ne s'attendaient plus à être contredits. Des acheteurs potentiels, sans doute.

Comme de grands vaisseaux qui croisaient une flotte de petits navires, ces couples se mélangeaient à une autre foule de gens plus jeunes, ceux qui venaient du monde de l'art mais ne pouvaient l'acheter, journalistes, galeristes, jeunes artistes, qui formaient une troupe plus ébouriffée, bariolée et gaie.

— En fait, dit le Vieux François, on peut toujours considérer l'art comme une pratique sociale, mais je me demande si je ne préfère pas les princes de la Renaissance aux oligarques russes ou chinois qui achètent de l'art contemporain pour épater leurs copains milliardaires et faire croire qu'ils ne sont pas seulement des brutes, mais ont aussi de la sensibilité.

— Comme les seigneurs de la Renaissance, fit observer Hector.

— Oui, vous avez raison !, dit le Vieux François en riant.

Ils saisirent deux coupes de champagne sur le plateau qu'un serveur habillé de blanc approcha d'eux, suivi par un semblable qui leur présenta des petits fours chauds aux écrevisses et aux asperges.

Hector savourait cet instant, tout en se demandant quand allait apparaître Ophélie et si le Vieux François se doutait de leur liaison. À cette pensée, il vida sa coupe et en saisit aussitôt une deuxième.

Il sentit que quelqu'un le regardait, et à quelques pas de là, au pied d'une tête de brocoli de la taille d'un petit arbre, réalisée dans un matériau vert légèrement scintillant. C'était Olivia, sa patiente.

Hector fit un discret signe de tête, juste pour montrer qu'il ne la snobait pas mais sans plus, une des règles du métier pour ne pas rompre le secret professionnel en public, surtout quand on est psychiatre. Les gens étaient en général ravis de présenter leur chirurgien à leurs relations – « voilà l'homme qui m'a sauvé la vie » – ou bien leur généraliste – « notre médecin de famille, et un ami » –, mais rarement leur psychiatre – « voilà l'homme qui m'a empêché de faire de grosses bêtises ». Olivia vint quand même vers eux. Hector avait l'habitude de la voir assise. Il réalisa qu'elle était grande, une grande perche même, et très charmante avec son regard d'adolescente en révolte, ses boucles d'oreilles ethniques et sa longue robe un peu hippie.

— Bonsoir, docteur, je ne savais pas que vous vous intéressiez à l'art contemporain ?

Il présenta Olivia au Vieux François, en précisant qu'elle était professeur d'arts plastiques, sans préciser la nature de leur relation, mais il sentit que son vieux collègue la devina aussitôt.

— Ah, nous allons avoir le point de vue d'une femme vraiment éclairée !, nota le Vieux François. Je me disais que cet artiste a au moins un mérite : il évite l'habituel double cliché de l'art contemporain, le sexe et la mort. Qu'en pensez-vous ?

Olivia sourit, visiblement charmée par l'attention qu'il lui prêtait.

— Tiens, je t'ai apporté une coupe. Oh, bonsoir, docteur.

C'était Tristan, toujours aussi impeccablement élégant, qui revenait du buffet avec une coupe de champagne pour Olivia.

Celle-ci regarda Hector et lui fit un petit clin d'œil.

« Un homme qui s'occupe de moi », se souvint Hector.

Le seul marché non régulé

Et puis Ophélie apparut, et le cœur d'Hector fit un petit bond dans sa poitrine, tandis qu'elle embrassait son grand-père, avant d'offrir sa joue à Hector comme s'ils étaient juste de grands amis.

Elle était parfaitement naturelle, et belle comme le jour. Elle commença à parler à Tristan et à Olivia, en leur expliquant que c'était une grande réussite pour la galerie d'avoir attiré un artiste aussi célèbre.

Les coupes continuaient de défiler, et soudain cela rappela à Hector la dernière fois où il avait trop bu, le dîner chez Robert et Denise.

Comme sa vie avait changé, même si, en apparence, elle était restée la même !

Il se retrouva près de Tristan, qui lui dit sur le ton de la confidence.

— Voilà l'avenir, dit Tristan. Le mien en tout cas.

Hector crut qu'il voulait parler d'Olivia, mais non, pas seulement. Tristan se rapprocha pour lui glisser sur le ton de la confidence :

— L'art contemporain, c'est le seul marché non régulé.

Et il regarda Hector, comme pour voir s'il comprenait bien la portée de cette information.

— Vraiment ? Que voulez-vous dire par là ?

— Tout ce qui est interdit dans la finance ou en tout cas puni quand on se fait prendre : délit d'initié, conflit d'intérêts, manipulation des prix, tout ça, c'est permis ici, ou, en tout cas, c'est facile ! Experts, galeristes, journalistes, commissaires d'exposition… À côté, la finance c'est le monde de la vertu !

— Vous le savez depuis longtemps ?

— Oui, j'ai des clients collectionneurs C'est aussi un bon investissement, mais maintenant, je comprends beaucoup mieux !

— Vous avez trouvé un bon professeur ?

Tristan partit d'un petit rire.

— Enfin… je ne sais pas. Ce genre d'histoire, c'est très nouveau pour moi, dit-il en regardant Olivia, qui parlait avec animation avec Ophélie.

Tristan lui raconta qu'en sortant de sa consultation avec Hector, il avait aperçu Olivia qui prenait un café en terrasse en attendant l'heure de son rendez-vous et qu'il avait eu envie de lui parler pour la convaincre qu'il n'était pas un salaud.

Finalement, pour déclencher des changements de vie de ses patients, Hector se demandait si sa salle d'attente n'était pas plus efficace que son bureau.

•

Hector est double

Plus tard, Hector et Ophélie se retrouvèrent dans un restaurant de l'autre côté de la Seine. Il avait choisi de l'emmener dans celui de Léon, son patient cuisinier. La soirée à la galerie l'avait comme libéré de la crainte d'être vu avec elle en public, même par le Vieux François. Il lui avait même proposé de se joindre à eux, mais celui-ci lui avait dit qu'il avait un autre dîner en perspective. Hector s'était senti soudain embarrassé de laisser entendre qu'il allait dîner en tête à tête avec Ophélie, mais il fut étonné par ce qu'il crut lire dans le regard et le sourire de son vieil ami : une bénédiction. Pourtant, le Vieux François connaissait et aimait Clara.

Hector savait ce que serait le sujet de leur prochaine rencontre, mais, pour l'instant, il s'émerveillait de voir Ophélie ravie de se retrouver dans ce nouveau restaurant, où les pierres des murs avaient été laissées nues et les poutres apparentes, mais où le mobilier et le plancher en bois rouge semblaient venus d'Asie. La décoration se voulait en accord avec les plats proposés : très simples et traditionnels, avec une touche d'improvisation inspirée par l'Extrême-Orient. Du civet de sanglier au gingembre ; un carré d'agneau au wasabi… La carte des vins était inattendue aussi : en plus des classiques bordeaux, bourgognes et vins de Loire, on trouvait de petits domaines du pays d'Oc sûrement bien choisis. Ophélie avait opté parmi ceux-là pour un chardonnay recommandé par le sommelier, tandis qu'Hector était resté fidèle au sancerre rouge.

Mais voilà, malgré la lumière tamisée, la belle nappe blanche, la vision d'Ophélie aussi belle qu'une icône sur ce fond de vieilles pierres, Hector se sentait mélancolique. Clara finirait par revenir, et il savait qu'il lui serait impossible de revoir Ophélie dès qu'elle serait là. Non pas qu'il ne sache pas organiser une dissimulation : dans sa jeunesse aventureuse de célibataire, il n'avait pas toujours été exempt d'infidélités bien cachées – mais c'était dans le feu et la confusion de la jeunesse. Cette fois, son cœur n'en serait pas capable. Il aimait Clara, il n'imaginait pas la vie sans elle, et il se savait incapable de sortir de ses bras pour aller retrouver ceux d'Ophélie, ou l'inverse. En même temps, il se disait qu'Ophélie était sans doute sa dernière aventure, ce qui n'arrangeait guère son sentiment de crise du milieu de vie.

— Tu as l'air bien pensif, dit Ophélie.

— Je pense à nous.

— Eh ben dis donc, ça ne te met pas en joie !, continua-t-elle en riant de toutes ses jolies quenottes.

— Non, c'est juste que je regrette de ne pas avoir choisi le même plat que toi.

Ophélie sourit de la tentative d'Hector, mais elle savait bien qu'il était mélancolique pour d'autres raisons, des raisons sérieuses dont ils avaient toujours évité de parler.

— Docteur !

Léon arrivait du fond de la salle, en grande tenue blanche de chef, l'air joyeux.

— Quel honneur, dit-il en tirant une chaise près de leur table.

Hector fit les présentations : « Ophélie, une amie. » Il avait pensé une seconde, mais résisté à ce mensonge classique des vieux séducteurs : « Ma nièce. »

Ophélie avait l'air enchanté de voir de près un vrai cuisinier. Elle se mit à poser des questions à Léon sur le pourquoi de son inspiration asiatique. Sentant un vrai intérêt, Léon parla de ses séjours en Asie où il s'était retrouvé aux fourneaux de grands hôtels dans plusieurs capitales.

— J'étais chef du restaurant français de ces hôtels, mais j'allais sur les marchés, je regardais ce qui se faisait. Une révolution dans ma vie ! Comme celle qui commence, ajouta-t-il en regardant Hector.

Quand ils étaient arrivés dans la salle, Hector avait remarqué que deux couples seulement étaient en train de dîner, mais l'optimisme de Léon semblait sincère.

— J'ai eu une bonne critique dans le *Herald Tribune* d'hier ! Ça va être la ruée…

Hector l'espérait. Il savait que Léon avait tendance à avoir des hauts et des bas, à connaître des périodes d'excès d'énergie, comme en ce moment, mais pouvait aussi déprimer dur et détruire sa vie. Léon serait un jour ou l'autre candidat au traitement par le lithium.

Le sommelier – encore un jeune !, se dit Hector – vint annoncer à Léon qu'on avait besoin de lui en cuisine.

— Excusez-moi, il faut que j'y retourne. Bonne continuation !

Et Léon s'en fut après un détour à la table de l'un des deux couples – de vieux Américains – pour leur demander si tout leur convenait.

— C'est un patient ?, demanda Ophélie.

— Si c'était le cas, je ne le dirais pas.

Cette réponse sembla amuser Ophélie.

— Et si on te demandait si tu as une liaison avec moi ?

— Ça dépendrait de qui me le demande.

— Ta femme ?

Hector était sidéré.

Ophélie venait de rompre un accord tacite, ils n'avaient jamais parlé de Clara ni d'Antoine.

— Et si ton fiancé te demandait la même chose ?

Ophélie le regarda en silence. Et puis il vit ses yeux s'embuer.

Finalement, sous ses dehors de grande fille invincible, c'était quand même le Petit Chaperon rouge. Hector réalisait l'avantage que donnait l'âge : on souffrait moins, mais, du coup, s'il commençait avec Ophélie un dialogue vache, il allait se retrouver comme un vétéran au cuir épais qui boxait avec un jeune débutant.

Il posa sa main sur la sienne :

— Pardon, dit-il.

— Non, de toute façon, c'est moi qui ai commencé, répondit-elle.

Ils furent interrompus par l'arrivée de la serveuse, du même âge qu'Ophélie mais d'un sérieux impressionnant quand elle déposa leurs deux plats sur la table.

En piquant un carré de canard qu'elle passa dans la sauce au wasabi, Ophélie déclara :

— Jamais je ne regretterai ce voyage.

— Ce voyage ?

Hector pensait qu'elle parlait de leur séjour en Normandie, mais non.

— Notre histoire, c'est comme un voyage.

« Notre histoire » : ces mots touchèrent Hector. Il n'était jamais arrivé à nommer ce qui leur arrivait. En même temps, ce mot « histoire »... Dans une histoire, il y a un début... et une fin.

— Pourquoi un « voyage » ?

— Parce qu'un voyage, c'est justement quand on quitte son chez-soi, sa maison.

— Et on revient ?

Ophélie sourit, tristement.

— On sait bien qu'il faut revenir, non ?

Que répondre ?

Hector sentit qu'il y avait devant lui deux Ophélie. L'une espérait qu'il dise non, que personne n'était obligé de revenir à la maison, et certainement pas eux, Hector et Ophélie, et qu'ils commencent à évoquer leur avenir ensemble. Mais il devinait une autre Ophélie, tout aussi réelle, assise sur la même chaise et qui savait bien que leur histoire n'avait pas un grand avenir. Elle avait envisagé dès le début Hector comme un voyage intéressant, mais sans oublier qu'il y aurait aussi un retour.

Il vit les yeux d'Ophélie, ceux de la première Ophélie, se remplir à nouveau de larmes, qu'elle tenta de cacher en se penchant sur son assiette.

Puis elle essuya ses pleurs avec sa serviette, redevint la seconde Ophélie et dit :

— De toute façon, je sais que ça n'aurait pas duré, je me connais trop bien. Bon, et si nous revenions à la cuisine de ton chef ?

C'était magnifique, mais Hector sentait que la première Ophélie était toujours là.

Et lui-même commença à se demander s'il n'y avait pas deux Hector en lui.

Clara joue avec le feu

Gunther avait emmené Clara dans un excellent restaurant de poissons au coin de Spring Street et de la Cinquième Avenue, un endroit chic pour habitués, où il avait été accueilli et salué comme un vieil ami.

La salle était pleine, mais il obtint tout de suite de pouvoir dîner au bar, ce qui leur permettait de jouir d'une excellente vue sur les clients bourgeois bohèmes qui semblaient tout droit sortir des derniers films de Woody Allen – et sur les huîtres qu'on leur préparait.

Clara se demanda si Gunther n'avait pas tout prévu et réservé précisément ces places au bar, où ils étaient plus proches que s'ils avaient été assis à une table, tout en laissant à Clara l'impression qu'il n'était pas sûr qu'elle accepte son invitation. Ça ressemblait bien au Gunther qu'elle avait connu.

La carte des huîtres proposait des variétés issues de ce côté de l'Atlantique et du Pacifique qu'elle ne connaissait pas : blue point, coromandel, otte cove, east beach blonde, shigoku, etc. Gunther commanda un assortiment qu'il composa lui-même, en lui recommandant un ordre de dégustation. Clara avait toujours adoré les huîtres, elle était enchantée.

Ils buvaient un excellent sancerre et, même s'ils s'étaient quittés depuis un nombre d'années qu'elle préférait ne pas compter, Clara se sentait étonnée de se retrouver aussitôt une sensation d'intimité avec Gunther. Était-ce le vin, les coquillages, leur proximité au bar, la douce lumière qui lui rappelait celle de ses lointains dîners avec lui ?

— C'est New York, dit Gunther, le monde entier dans son assiette !

Et dans son lit, pensa Clara, en se souvenant de la serveuse, mais bon, c'était normal, Gunther était célibataire, après tout.

Ils débutèrent une conversation prudente, comme si Gunther avait compris qu'il fallait légèrement rétrograder depuis ses confidences à son club.

Il se mit à parler de ses premières années dans son nouveau rôle, à l'époque où le Meat Packing District était un endroit dangereux où on ne venait que pour de mauvaises raisons. Au tout début du club, il n'arrivait pas à attirer de bons musiciens, et, quand c'était le cas, ils avaient souvent une fâcheuse tendance à arriver ivres ou au bord de l'overdose.

— Et les macs du coin venaient menacer mon manager en demandant un pourcentage. Je leur ai dit que le club leur amenait des clients. Ç'aurait dû être l'inverse !

— Et alors ?, demanda Clara, assez fascinée quand même.

— Il y a eu une mauvaise période où je regardais sans arrêt par-dessus mon épaule, mais je me suis vite bien entendu avec le commissariat local. Et surtout, l'un des macs aimait le jazz. On est devenus copains.

Gunther commanda d'un geste de nouvelles huîtres, avant de continuer :

— Aujourd'hui, tout a changé, c'est devenu un quartier pour bobos… comme moi ! Regarde, Clara, je ne porte plus jamais de cravate.

Son polo Armani était d'un noir parfait.

— Et je me suis trouvé un loft, avec vue sur l'East River, c'est le paradis. J'y ai fait installer une belle cuisinière pour professionnel, tu sais que j'ai toujours aimé faire la cuisine. Je suis même devenu assez bon, si j'en crois mes invités… Parfois, je pense à acheter un restaurant à côté du club. Comme ça je contrôlerais toute la soirée de mes clients !

— Le contrôle, toujours le contrôle, observa Clara en riant.

Gunther lui jeta un coup d'œil inquiet, comme s'il avait pris conscience qu'il parlait beaucoup de lui et se vantait quand même un peu.

Arrivèrent les plats suivants : une salade de homard du Maine et d'avocats pour Clara, une salade de pieuvre tiède pour Gunther. Elle eut un petit pincement : c'était l'un des plats favoris d'Hector. Peut-être était-elle elle-même le plat favori de Gunther ? Pour Hector, elle était moins sûre maintenant.

Elle s'aperçut que la bouteille flottait retournée dans le seau à glace, ils l'avaient déjà finie, elle n'avait pourtant pas eu l'impression de boire beaucoup. Gunther en commanda une autre avec les gestes sans paroles que donne l'autorité naturelle.

Et ils en arrivèrent au dessert, un New York cheesecake. Tandis qu'il lui fondait sur la langue, Clara se demanda si ça ne dépassait pas les plaisirs de la drogue, mais ceux-là, elle ne les avait jamais essayés, il est vrai.

— Reste avec moi, dit Gunther.

— Pardon ?

— Reste avec moi, ici, à New York.

Gunther avait d'abord rétrogradé, mais voilà qu'il venait de passer directement en cinquième !

— Gunther, j'ai une famille...

— Tu m'as dit qu'ils n'avaient plus besoin de toi.

L'avait-elle dit ? Oups, le champagne et le zinfandel lui avaient fait faire trop de confidences.

— Bon, je comprends, dit Gunther. Tout ça est un peu précipité, c'est vrai, mais te voir est un tel bonheur pour moi.

Et il recommença à envelopper Clara de son chaud regard d'homme amoureux. Elle se sentait bien dans son rayonnement, mais en même temps, elle avait l'impression de laisser se développer quelque chose qu'il fallait empêcher.

Finalement, ils prirent un taxi, et Gunther donna son adresse. Et Clara le laissa faire.

L'appartement était effectivement un loft avec une vue magnifique sur l'East River, mais meublé de manière un peu froide, comme si aucune femme n'était jamais intervenue dans son aménagement.

Debout près de la vitre, Clara regardait les éclairages le long de la rivière en se demandant ce qu'elle faisait là. Elle sentait en elle comme deux Clara : l'une qui était prête à s'abandonner à passer la nuit ici et l'autre qui lui disait de s'en aller au plus vite.

Gunther s'approcha d'elle, la prit dans ses bras et voulut l'embrasser.

Elle le laissa faire.

Mais Clara eut l'impression de rompre quelque chose : elle n'avait jamais embrassé d'autre homme qu'Hector depuis son mariage. Elle se vit soudain comme de l'extérieur et toute impression de chaleur la quitta.

Gunther se montrait de plus en plus pressant, il la poussait vers un grand divan. Tout ça était trop rapide.

Elle se dégagea un peu de son étreinte.

— Gunther…

Il ne répondit pas, mais voulut l'enlacer à nouveau.

Alors, elle croisa son regard. Ce n'était plus le chaud regard de l'homme amoureux, c'était celui du mâle qui veut atteindre son objectif, avoir sa revanche, du prédateur qui a tout planifié pour arriver à ses fins.

Clara sentit un grand coup de froid tomber sur elle. Que faisait-elle, le corsage à moitié sorti de la jupe, sur ce canapé, avec Gunther qui pesait sur elle ? Elle le repoussa de nouveau.

Gunther aurait peut-être pu rattraper la situation. Après tout, Clara avait accepté de venir chez lui, elle avait ouvert une possibilité. Mais il se trompa encore dans les vitesses ! Un peu énervé par la résistance de Clara, il protesta :

— Mais enfin, je sens que tu en as autant envie que moi !

Quatre minutes plus tard, Clara était dans le hall, attendant un taxi que le concierge venait d'appeler.

Hector au Panthéon

— En termes de changements de vie, je trouve que ce monument en a eu plus que sa part, dit le Vieux François en désignant la haute nef du Panthéon.

Ils avançaient vers le chœur et Hector se demandait pourquoi son ami avait choisi un si étrange lieu de rendez-vous.

— Il a été construit par Louis XV le Bien-Aimé pour être une église, puis, avant la fin des travaux, il a été désacralisé à la Révolution pour devenir un temple républicain. Et hop, on détruit les statues de saints, et on inhume Voltaire et Rousseau, inspirateurs de la Révolution, dit-on... Voltaire ne l'appelait sûrement pas de ses vœux, il admirait plutôt la Constitution anglaise et il aurait sûrement voulu conserver la royauté. J'ai toujours eu un penchant pour lui, cher ami, car il prônait le doute et la tolérance. De plus, il était drôle, ce qui n'était pas le cas du Suisse mélancolique qui voulait changer radicalement l'homme et la société, on a vu ce que ça a donné... N'oublions pas que les futurs chefs des Khmers rouges avaient bien étudié le *Contrat social* dans leurs chambres d'étudiant de la rue Saint-André-des-Arts. Ah, le rayonnement universel de la culture française !

Ils avançaient dans la nef.

— Je vous passe les péripéties, mais Napoléon a rendu cette église au culte. Il voulait se concilier l'Église de France et le pape. Et puis nouvelles guerres, révolutions, etc. Ce monument a subi encore trois ou quatre allers-retours avant de redevenir un temple républicain où l'on inhume nos grands hommes et où les présidents de la République viennent faire un tour comme pour se faire consacrer, mais on se demande par qui ? Je trouve le résultat assez comique, d'ailleurs. Regardez, là, vous avez de très pieuses fresques de sainte Geneviève.

On voyait en effet la sainte aux différents âges de sa vie : belle jeune fille pensive sur les murailles de Lutèce, puis exhortant le peuple parisien à repousser l'assaut des Huns.

— Je suis étonné qu'on n'ait pas fait un beau péplum sur cet épisode de l'histoire, la blonde et frêle sainte Geneviève face au terrible Attila… Du temps de ma jeunesse, il avait été joué par Jack Palance, mais c'était devant Rome. Et aujourd'hui, qui pourrait incarner Attila ?

— Sans doute un acteur du jeune cinéma d'Asie centrale dont nous ne connaissons pas le nom…

Hector avait failli ajouter : « … mais qu'Ophélie connaîtrait sûrement. »

— Oui, nous sommes un peu dépassés, j'en conviens, je m'y connaissais encore en cinéma de Hong Kong dans les années 1970, par exemple, mais aujourd'hui… Donc, admirons sainte Geneviève, mais après, que dire de *ça* !

Le Vieux François désignait au-dessus d'eux une gigantesque fresque murale, intitulée *Vers la gloire*, une charge de cavalerie qui semblait s'envoler en spirale vers les nuées, pour y trouver la gloire sans doute.

— Ils auraient mieux fait de l'appeler *Vers le casse-pipe*... Comme vous le savez, il y a une grande tradition française de la charge de cavalerie absurde, Crécy, Azincourt, et surtout, à l'époque de cette fresque, Reichshoffen, où nos géniaux généraux ont envoyé nos dragons contre les tirailleurs allemands. Absurde !

— Pourquoi absurde ?

— Question de *timing* cher ami, tant que les fusils se chargeaient par le canon, le temps que les fantassins rechargent leur arme, déjà les cavaliers étaient sur eux ! Mais par la culasse, on rechargeait quatre fois plus rapidement. Ça donnait douze coups par minute au lieu de trois, ce qui condamnait à jamais la charge de cavalerie, puisque chacun, homme ou cheval, se prenait une balle avant la ligne d'arrivée. Même les Prussiens étaient écœurés du spectacle de nos cavaliers s'écroulant sous leur feu.

Ils s'arrêtèrent devant une grande stèle gravée de centaines de noms. Hector lut. « Aux écrivains morts pour la France. 1914-1918 »

— Si magnifiquement français ! Compter les écrivains morts pour la France. Vous avez vu que la plupart sont totalement inconnus, comme si on avait voulu n'en oublier aucun. Remarquez : aucun mémorial pour les musiciens, les peintres, les sculpteurs. Et pourtant, il y en avait. Savez-vous l'une des raisons du succès du style Art déco pour les immeubles ?

— Non.

— Comme les artisans sculpteurs aussi avaient subi l'hécatombe, il y en avait pénurie après la guerre. Le prix de leurs œuvres s'était envolé. Donc, un style avec des façades sobres, sans ornements sculptés, ça tombait à pic, si j'ose dire… Enfin, cette adoration des écrivains, ça explique aussi nos défaites répétées.

— Vraiment ? Notre amour des écrivains expliquerait…

— Bien sûr ! Après Napoléon qui, comme vous le savez, nommait généraux ceux qu'il avait trouvés les meilleurs sur le champ de bataille, nos élites militaires ont ensuite été sélectionnées surtout sur leurs belles capacités à l'écrit.

On pouvait sentir que ce sujet contrariait encore le Vieux François. Hector savait que son ami, quand il était très jeune, avait fait la guerre, ce dont il ne parlait jamais.

Ils firent encore quelques pas.

— Ah, voilà un monument devant lequel je ne ferai jamais d'ironie, cher ami. J'ai le plus profond respect pour lui.

Ils s'étaient arrêtés devant une stèle sculptée, surmontée de deux figures de femmes, jeunes mais veuves sans doute. Hector lut les lettres gravées dans la pierre : « Aux héros inconnus, aux martyrs ignorés morts pour la France. »

— « Martyrs ignorés » : je ne peux lire ces mots sans m'émouvoir, dit le Vieux François, dont la voix se cassa.

Il resta silencieux. Hector eut soudain l'impression que le Vieux François faisait son âge, même s'il lui restait encore un peu de la jeunesse de la dernière fois.

— Il y en a eu tant, cher ami, tant... Notre monde s'est construit grâce à des martyrs ignorés. Leur sacrifice restera secret pour nous. Et, parmi eux, tellement de femmes aussi...

Hector sentit que le Vieux François était envahi par des souvenirs qui devaient être encore très vivants et il espéra que son vieil ami se confierait un jour à lui.

— Bon, mais je vois que, dehors, le soleil est revenu, il est temps d'en profiter. « Plus de lumière », comme disait l'autre, Vous remarquerez que dès qu'on a voulu faire de cette église un temple républicain, le premier soin du nouvel architecte a été d'obstruer les fenêtres, comme pour en faire une crypte, mais heureusement, il reste ces ouvertures dans la galerie supérieure. Je ne vous propose pas d'aller visiter la crypte, d'ailleurs. Quelle idée d'aller placer les tombeaux de nos héros dans une cave obscure ! Les Anglais ont raison d'inhumer les leurs dans la nef de leurs cathédrales, sous la lumière des vitraux. Il est vrai que nos amis britanniques ont le génie de ces choses-là. Regardez leurs cimetières bucoliques avec leurs pierres tombales reposant au milieu de vertes pelouses. Et comparez-les aux mornes allées gravillonnées de nos cimetières, où le moindre surgissement d'herbe est aussitôt exterminé !

Tout en continuant la conversation – ou plutôt le monologue du Vieux François –, ils se dirigèrent vers le porche. La sortie passée, ils se retrouvèrent devant l'une des belles plus belles vues de Paris, face à la rue Soufflot, qui descendait vers le jardin du Luxembourg. On apercevait les toitures du palais Médicis et au loin la tour Eiffel, dont la silhouette semblait émerger des arbres.

— Je crois que je préfère la tour vue d'ici que du Trocadéro, dit le Vieux François. Elle est, comment dirai-je ?, plus mystérieuse. Pour moi, cette colline, dit-il en frappant la dalle de son pied, la montagne Sainte-Geneviève, le cœur de Paris, surpassera toujours les deux autres, celle de Chaillot et la butte Montmartre.

Hector réalisa que lui-même avait gravi ces trois hauteurs en moins d'un mois. Cela avait-il un sens caché ? Sur la colline de Chaillot, face au Trocadéro, le Vieux François lui avait révélé qu'il avait besoin de parler de sa crise du milieu de vie. Sur la butte Montmartre, Robert l'avait rendu témoin de l'infidélité de Denise et Hector lui avait révélé sa liaison avec une jeune fille admirative. Et aujourd'hui, sur la montagne Sainte-Geneviève, qu'allait lui révéler le Vieux François ?

Hector est triste

Hector et le Vieux François traversèrent l'esplanade pavée du Panthéon et se rendirent dans un café de la rue Soufflot – baptisé avec beaucoup d'à-propos Café Soufflot. De la terrasse, on pouvait admirer le Panthéon et aussi l'église Saint-Étienne-du-Mont, merveille gothique qui se tenait en retrait et qui faisait paraître le gros temple un peu prétentieux comparé à sa sublime et discrète beauté.

Le soleil s'était caché et un vent frais les enveloppait par moments. Hector demanda si le Vieux François ne préférait pas s'asseoir à l'intérieur, mais le Vieux François répéta « plus de lumière » et dit qu'il préférait la terrasse. Hector commanda un verre de saint-émilion, le Vieux François un verre de chablis, chacun avec un verre d'eau et des cacahuètes pour ne pas boire le vin trop vite.

— Alors, dites-moi, comment allez-vous, cher ami ?, demanda le Vieux François en regardant Hector pour bien montrer que ce n'était pas une question de pure forme.

Hector était partagé : il avait envie de se confier et, en même temps, il redoutait un peu d'attrister, de peiner ou pire de fâcher son ami.

— Ne vous tourmentez pas, je suis déjà au courant, dit le Vieux François.

En même temps que les nuages s'éloignaient et qu'un rayon de soleil faisait briller le clocher de Saint-Étienne-du-Mont, Hector ressentit un grand soulagement.

— Rassurez-vous. J'ai compris que cette histoire était inévitable la première fois que vous vous êtes rencontrés, Ophélie et vous, vous savez, au Lutetia. Comme deux astéroïdes dont un astronome – n'ai-je pas l'air d'un vieil astronome ? – prévoit la collision.

— Ce n'était pas si inévitable ! J'aurais pu résister…

— Sans doute. Si vous ne l'aviez pas revue…

Hector se dit que le Vieux François avait raison. « Ne nous soumets pas à la tentation », disait la prière qu'il avait apprise petit garçon. Peut-être ne l'avait-il pas assez récitée depuis.

Soudain, il comprit. L'interview par Ophélie, le dîner après le théâtre, la visite à deux au dispensaire…

— C'est vous qui avez favorisé nos rencontres ! Et pourtant, vous saviez que…

Le Vieux François sourit.

— Disons que j'ai été un peu… comment dire ? Facétieux ? Un vieillard facétieux, est-ce que ça se dit ?

Hector n'arrivait pas à le croire. Le Vieux François ne se serait jamais amusé à jouer avec sa vie et celle d'Ophélie.

— Bon, redevenons sérieux, cher ami. L'heure est grave. Pas si grave, si vous voulez, mais je vais m'expliquer.

— Attendez, laissez-moi comprendre. Vous avez donc bien favorisé une liaison entre Ophélie et moi ?

— Mais oui ! Je le reconnais, admit le Vieux François.

Il expliqua qu'il savait qu'Hector ne quitterait jamais Clara, qu'il n'y avait pas de risques pour lui.

Hector trouvait que cela méritait discussion : il ne savait même pas dans quel état il serait au retour de Clara.

— Et les risques pour Ophélie ?

— Je savais qu'elle allait avoir une liaison un jour ou l'autre avec un homme de votre âge, c'était inévitable. Ça fait déjà un peu partie du parcours initiatique d'une jeune fille d'aujourd'hui, mais pour elle, avec la disparition de son père, c'était encore plus probable. En vous voyant ensemble la première fois, au Lutetia, je me suis dit que vous étiez le meilleur candidat pour elle. Il valait mieux que ce soit vous. C'est ma petite-fille adorée, vous comprenez, je ne voulais pas qu'il lui arrive du mal !

— Et à moi ? Et à Clara ? Vous y avez pensé ?

Pour une fois, Hector se sentait un peu contrarié face au Vieux François.

— Cher ami, pardonnez-moi si je vous ai un peu mis en risque, c'est vrai, mais si peu… Je pensais à votre crise du milieu de vie. Vous êtes un homme si raisonnable. Vous rêviez d'une aventure tout en vous l'interdisant. J'ai pensé qu'il vous fallait quelque chose d'un peu explosif pour sortir de cet état douloureux et que vous retomberiez ensuite sur vos pieds. Comme toujours.

Hector se demandait s'il avait raison. Était-il vraiment toujours retombé sur ses pieds ? Il n'avait jamais pensé à lui-même en ces termes.

— Pour vous aussi, j'ai estimé qu'Ophélie était la meilleure personne possible. Elle est tellement adulte ! Vous aviez besoin d'une dernière aventure amoureuse, ça vous manquait. Il vous fallait en vivre une dernière pour régler votre problème.

Hector comprit que le Vieux François avait raison. Il avait eu besoin d'une dernière aventure amoureuse pour savoir qu'il n'était plus fait pour les aventures amoureuses !

— C'était quand même risqué !

— Je vous l'accorde, mais le temps pressait.

— Le temps pressait ?

— Pour moi, cher ami.

Le Vieux François révéla qu'il était traité par leur ami Robert, pour une assez mauvaise maladie de sang. Hector était consterné.

— Vous aviez l'air très en forme ces derniers temps, pourtant !

— Un des effets secondaires du traitement, bizarrement. Une thérapie génique. Il semble que ça augmente aussi les effets de la télomérase, vous savez, cette enzyme qui empêche les chromosomes de vieillir. C'est une première tentative, et je vous avoue que Robert, avec mon encouragement, a enfreint tous les principes de précaution. Il aurait du mal à publier ça…

— Vous avez arrêté le traitement ?

— Non, je continue, mais l'effet s'épuise, on dirait.

Le Vieux François but une gorgée de chablis.

— J'ai quand même vécu de très bons moments ces derniers temps, vous savez. C'est une très grande chance, vraiment. Et j'ai eu une très belle vie. À vous, cher ami, à votre nouvelle vie !

Et le Vieux François leva son verre à la santé d'Hector.

Sur Titus et sur moi réglez votre conduite

Hector et Ophélie se revirent encore.

Après leur conversation dans le restaurant de Léon, ils n'étaient pas convenus de leur prochaine rencontre. Et depuis, c'était Ophélie qui prenait toujours l'initiative d'appeler Hector.

— Tu serais libre pour une petite rechute ?, lui demandait-elle.

Hector se sentait toujours libre, car chaque fois il se disait que c'était peut-être le dernier appel d'Ophélie. Et ensuite, chaque fois, il espérait qu'elle ne le rappelle pas/qu'elle le rappelle.

Ils continuaient de plaisanter comme avant et Ophélie semblait s'amuser à commenter leur situation avec des proverbes désuets.

— Il faut bien que jeunesse se passe, lui disait-elle avant de l'embrasser.

Ou bien, quand elle descendait l'escalier :

— Les voyages forment la jeunesse.

Et elle disparaissait, sans qu'ils aient fixé un nouveau rendez-vous.

Hector avait réussi à ne pas rencontrer sa fille tout de suite après son arrivée à Paris. Il avait l'impression que, dès qu'il se retrouverait face à face avec Anne, il ne pourrait plus continuer à voir Ophélie. Sa fille verrait au premier coup d'œil qu'il lui était arrivé quelque chose. Comme Anne avait beaucoup d'amis à revoir à Paris et que lui pouvait dire qu'il était aussi très occupé, Hector parvenait à remettre leur habituel déjeuner de retrouvailles, où il l'invitait traditionnellement dans le restaurant qu'elle préférait, un petit Italien de la rue du Cherche-Midi.

Bref, il se sentait un peu comme un malade de Robert qui savait que sa fin est proche, mais qui espérait quand même quelques jours de sursis. Il devinait qu'Ophélie était dans la même situation : elle savait que le retour de Clara annoncerait la fin de leur histoire.

Quelques jours plus tard, au moment où Hector et Ophélie dînaient ensemble dans un nouveau restaurant japonais près des Champs-Élysées, le téléphone d'Hector vibra contre sa poitrine. Il ne put s'empêcher de regarder.

Je t'ai envoyé un mail. J'arrive demain.

C'était Clara.

— Une mauvaise nouvelle ?, demanda Ophélie.

— Non, pas exactement.

Ophélie n'avait pas besoin d'explications : elle avait compris rien qu'en regardant le visage d'Hector pendant qu'il lisait le message.

— En fait…, commença-t-il.

Elle l'interrompit en posant les doigts sur ses lèvres.

Alors, dans la langue même de Bérénice, elle lui dit :

Adieu : servons tous trois d'exemple à l'univers
De l'amour la plus tendre et la plus malheureuse
Dont il puisse garder l'histoire douloureuse.
Tout est prêt. On m'attend. Ne suivez point mes pas.
Pour la dernière fois, adieu, Seigneur.

Hector et Clara

Hector attendait Clara à l'arrivée du Terminal 1 de l'aéroport Charles-de-Gaulle. Ce serait une surprise, il était censé être au bureau, elle ne l'attendait pas.

II se demandait à chaque nouvelle vague de passagers qui sortaient si c'étaient ceux de l'avion de New York, mais à part les groupes qui provenaient clairement d'Afrique ou d'Asie, il était impossible de le deviner.

Hector déchiffrait avec plaisir les émotions sur le visage des arrivants : l'anxiété, la surprise et la joie quand ils voyaient des proches qui les attendaient. Hector était un admirateur de Darwin, le premier à penser que l'expression des émotions sur le visage était universelle, qu'on soit africain, chinois, scandinave ou même inuit – même s'il y avait peu d'Esquimaux ce jour-là parmi les arrivants.

Il se tourmentait. Il avait senti le ton de Clara changer au téléphone ces derniers jours. S'était-elle doutée de son infidélité ? Et si elle-même avait eu une aventure ? Il s'était imaginé des salles de réunion peuplées de beaux Américains drôles et directs. Qu'allait-il lire dans le premier regard de Clara ? Il savait qu'il l'attendait à la fois pour lui faire plaisir et parce qu'il avait hâte de la retrouver, mais aussi pour pouvoir lire son premier regard, son émotion spontanée quand elle le verrait : Hector voulait pouvoir deviner si Clara l'aimait toujours.

Et il s'inquiétait encore plus de ses réactions à lui. Toutes ces heures d'intimité avec Ophélie n'avaient-elles pas changé sa manière de voir Clara, de se sentir avec elle, de jour comme de nuit ? Il avait peur de ça. Cette aventure ne l'avait-elle pas déréglé définitivement et rendu inapte à la vie de couple ? Et si, tel un toxicomane qui avait rechuté, il devenait un vieux dragueur ou pire un mari vertueux mais perpétuellement frustré ? Clara ne méritait pas ça. À quoi bon se retrouver si c'était pour n'être pas heureux ?

« Vous retombez toujours sur vos pieds », avait dit le Vieux François. Avait-il raison ?

C'est alors qu'elle apparut. L'air soucieux et fatigué.

Et elle vit Hector. Et tout son visage s'éclaira.

Plus tard, quand Hector la vit fondre en larmes dans ses bras et sentit son propre cœur bondir dans sa poitrine, il se dit que le Vieux François avait raison.

Dans la nuit, il reçut un appel de Robert.

Le Vieux François à Saint-Étienne-du-Mont

Hector essayait d'oublier son chagrin en lisant les phrases figurant sur le bandeau des nombreuses gerbes et couronnes rassemblées autour du cercueil, qui semblait ainsi voguer sur une grande vague fleurie.

« À notre collègue » : sans doute celle des psychiatres du Ve arrondissement, où le Vieux François avait son cabinet des années auparavant. Ses collègues avaient choisi un bel assortiment de roses et de pivoines. D'autres couronnes étaient ornées d'acronymes qu'il ne reconnaissait pas tous, mais comportant tous un P – des associations nationales et internationales de psychiatrie, donc. Il remarqua aussi « Personnel de l'hôpital Tarnier » : le Vieux François y avait continué bénévolement de consulter. Une grande gerbe de lis et de branches d'if, barrée d'un écusson orné de glaives et de flammes portait la banderole « À notre camarade », en souvenir de la guerre dont le Vieux François ne parlait jamais. Autour d'Hector et de Clara, derrière les rangées occupées par la famille du Vieux François, se tenaient quelques très vieux messieurs décorés, à la coupe de cheveux militaire. Hector regretta un instant de ne pas avoir fait l'armée, ça aurait donné belle allure à ses obsèques – le genre de pensée qu'on a pour éviter de céder au chagrin.

À côté de lui, Clara retenait ses larmes. Elle aimait beaucoup le Vieux François et elle avait été surprise de son décès, si soudain. À ses côtés, leur fille Anne, les yeux humides, devait se souvenir que le Vieux François avait joué avec elle quand elle était petite fille. Hector n'en revenait pas de voir à quel point leur enfant était devenue une femme depuis leur dernière rencontre – une femme élégante, comme sa mère. Il se sentit bouleversé à la pensée qu'un jour sa fille se tiendrait ainsi dans une église pour assister à ses propres obsèques.

Sur la même rangée qu'eux se tenaient Denise et Robert. Les deux couples s'étaient embrassés avant d'entrer dans l'église, Hector et Robert avaient échangé des regards de connivence.

Derrière, la nef était pleine. Au cours de sa longue vie, le Vieux François avait connu beaucoup de monde, soigné bien des gens, sauvé des couples et des familles, et malgré les pertes inévitables au fil des années, cette foule suffisait à remplir l'église Saint-Étienne-du-Mont.

Tout au fond, il avait vu apparaître une haute silhouette. Comme promis, c'était Hector II, tout juste arrivé de l'aéroport. En compagnie d'une jeune femme brune qu'Hector avait déjà vue sur une photo.

Il reporta son regard vers le chœur et imagina ce que le Vieux François aurait pu dire de cet endroit. Il croyait presque entendre son vieil ami :

— Admirez cette châsse, cher ami. Sainte Geneviève est bien là, alors que d'Attila il ne reste rien. Supériorité de l'Esprit sur le Glaive, en tout cas pour la postérité, car sur le champ de bataille, j'en suis moins sûr… mais là aussi, que de changements de vie, et surtout après sa mort, si j'ose dire. La première châsse a été détruite par les sans-culottes à la Révolution, les reliques de la sainte ont été dispersées, puis retrouvées…

La messe continuait, on en était à l'*Agnus Dei*, et Hector murmurait les réponses aux paroles du prêtre en s'apercevant qu'il les avait un peu oubliées.

Clara serrait sa main en étouffant de brefs sanglots.

Devant lui, il voyait les rangées occupées par la nombreuse famille du Vieux François, de tous les âges, adultes et enfants. Et bien sûr, au milieu d'eux, il avait repéré Ophélie, avec sa chevelure couleur de feuilles mortes comme une flamme sous une charmante toque noire.

Antoine n'était pas à ses côtés. Lors d'une de leurs dernières conversations, Ophélie avait appris à Hector qu'ils avaient décidé de rester « amis ». Un tel changement était sûrement difficile à accepter pour Antoine. D'où son absence aujourd'hui.

Hector s'était dit que sa liaison avec lui avait peut-être privé Ophélie d'un avenir heureux avec Antoine. D'un autre côté, il savait qu'elle était sans doute trop jeune et éprouvait trop d'intérêt pour les expériences nouvelles pour se marier déjà, même avec un jeune homme aussi excellent qu'Antoine.

À cet instant, Ophélie se retourna vers la nef et son regard croisa celui d'Hector. Et, à travers son chagrin et ses larmes, il reconnut un léger sourire.

Il sut que le Vieux François avait eu raison.

Épilogue

Quelques semaines plus tard, Hector reçut un colis à son bureau. Il venait d'Aix-en-Provence.

À l'intérieur, il trouva des sachets d'épeautre, de quinoa, de boulgour, ainsi que des pâtes de différentes couleurs et de l'huile d'olive, tous issus de l'agriculture biologique. Il y avait aussi deux belles mangues pas encore tout à fait mûres.

Sur un joli papier grège recyclable, il découvrit quelques mots de Sabine. Elle le remerciait de l'avoir aidée à se « donner la permission » et lui annonçait que sa boutique s'était ouverte comme prévu. Ça commençait très bien.

« Mon étude de marché était bonne, il y avait une demande non satisfaite », précisait-elle. Sabine avait gardé tout son sérieux d'avant pour réaliser son rêve.

Ça inspira Hector, qui écrivit dans son petit carnet :

Si vous voulez réaliser vos rêves, faites-le avec le plus grand sérieux.

Quant à son mari, Sabine n'en disait rien, mais Hector se dit que, sous le climat de la Provence, il n'avait plus d'excuses pour ne pas donner davantage de leçons de tennis. Il avait même intérêt à se bouger s'il ne voulait pas se voir retirer son biberon pour de bon.

Presque en même temps, il reçut une carte postale dans une enveloppe timbrée de Shanghai. La photo d'une œuvre contemporaine d'un artiste chinois, une parodie d'affiche révolutionnaire : au lieu des habituels fusils, faucilles ou marteaux, de valeureux ouvriers, paysans et intellectuels brandissaient d'un air triomphant de magnifiques tablettes numériques.

« Une valeur montante ? », avait écrit Olivia au dos de la carte. Elle avait ajouté : « Merci pour tout, vraiment » avec un petit smiley. Il comprit qu'elle faisait allusion à sa salle d'attente.

Ça aussi inspira Hector, qui écrivit dans son petit carnet :

Si vous rêvez de changer de vie, surtout rêvez en gardant les yeux ouverts.

Quelque temps après, en parcourant ses mails du jour, Hector eut l'attention attirée par le nom d'un expéditeur qu'il ne connaissait pas : « Dieu Seul ». Il se demanda une seconde si ce n'était pas le Très-Haut qui lui envoyait un courriel pour lui rappeler qu'il avait commis l'adultère et qu'il s'en tirait à trop bon compte.

(Pour vous résumer, Hector n'avait bien sûr jamais rien révélé à Clara et il l'avait retrouvée avec encore plus d'amour pour elle. Ophélie s'était finalement fiancée à Antoine – qui avait dû apprendre à la contredire –, événement qui aurait ravi le Vieux François et qui l'avait peut-être ravi, si vous croyez à la vie éternelle. Tout ça n'était pas très moral, direz-vous, mais ne doit-on pas juger un arbre à ses fruits ?)

C'était un message de Roger.

Cher Docteur,

Juste un petit mot pour vous dire que tout va bien, en tout cas pour moi.

La ville devait être assez jolie avant, mais là, elle en a pris un sacré coup. Il faut le voir pour le croire.

Ce sont surtout les bâtiments un peu modernes qui se sont écroulés, comme les bureaux et les hôtels. Heureusement, comme dans tous ces pays, il n'y avait pas encore beaucoup de gens qui travaillaient dans les bureaux, mais ça ne va pas encourager les suivants. Ça, c'est sûr. Dans les hôtels, c'étaient surtout des étrangers, et ils ne venaient pas tous dans ce pays pour de bonnes raisons, d'après ce qu'on m'a dit.

Quand c'est arrivé les enfants n'étaient pas à l'école, ils ont été épargnés, car « le Royaume de Dieu est pour ceux qui leur ressemblent ». Et comme il fait trop chaud par ici, les enfants n'ont pas école l'après-midi.

Sinon, je travaille beaucoup, ça me fait du bien même si je me rends compte que je n'ai plus 20 ans. Il y a des pères et des sœurs très gentils avec moi, et des volontaires de tous les pays du monde ou presque. J'ai arrêté tous mes médicaments,

Non, c'est juste pour rigoler un peu. Je continue à les prendre.

Remarquez, ici, ça manque de psychiatres. Le jour du tremblement de terre, tous ceux du pays, et déjà il n'y en avait pas beaucoup, s'étaient réunis dans un hôtel. Et là, boum, je suis désolé pour eux, il y en avait sûrement des bons comme vous.

En tout cas, les organisations, ici, elles cherchent des psychiatres, mais elles ont du mal à en trouver. Si vous prenez des vacances, vous pourriez venir faire un tour par ici ? Vous seriez bien accueilli, croyez-moi.

Je vous quitte, car le soleil est un peu tombé, ça tape moins dur et faut que je me remette au boulot.

Roger

Table

DU MÊME AUTEUR

Essais de psychologie
Conte d'un psychiatre ordinaire, Odile Jacob, 1993.

Avec Christophe André
Comment gérer les personnalités difficiles, Odile Jacob, 1996.
L'Estime de soi, Odile Jacob, 1998.
La Force des émotions, Odile Jacob, 2001.

Romans et contes
Liberté pour les insensés, Odile Jacob, 2000.
Le Voyage d'Hector ou le secret du bonheur, Odile Jacob, 2004.
Ulik au pays du désordre amoureux, Oh ! Éditions, 2003.
Hector et les secrets de l'amour, Odile Jacob, 2004.
Le Nouveau Voyage d'Hector, Odile Jacob, 2006.
Petit Hector apprend la vie, Odile Jacob, 2010.
La Petite Marchande de souvenirs, Jean-Claude Lattès, 2013.

Composition et mise en pages : FACOMPO, LISIEUX

N°d'impression : 121925
N° d'édition : 7381-3068-X
Impression Hérissey à Évreux (Eure)
Dépôt légal : mars 2014

Imprimé en France